LA LIBRAIRIE DU XXIe SIÈCLE

Collection
dirigée par Maurice Olender

Ivan Jablonka

Un garçon
comme vous et moi

Éditions du Seuil

ISBN 978-2-02-147007-9

© Éditions du Seuil, janvier 2021

Le Code de la propriété intellectuelle interdit les copies ou reproductions destinées à une utilisation collective. Toute représentation ou reproduction intégrale ou partielle faite par quelque procédé que ce soit, sans le consentement de l'auteur ou de ses ayants cause, est illicite et constitue une contrefaçon sanctionnée par les articles L. 335-2 et suivants du Code de la propriété intellectuelle.

www.seuil.com

1

« Je ne suis pas un mâle ! »

À la fin de ma terminale, un camarade a concocté un bêtisier, assortiment des phrases les plus stupides prononcées au cours de l'année. Une anthologie du grotesque, distribuée à toute la classe.

La quasi-totalité des professeurs y figurent. Avec onze citations, notre prof de physique, une vieille passionnée aux manières bourrues, reçoit la « bêtise d'or ». Notre prof de maths est honoré de la « bêtise d'argent ». Une demi-douzaine d'accessits sont décernés aux profs d'anglais, d'histoire-géo, d'allemand, de philo, de sciences naturelles.

Seul au milieu des enseignants, je me vois attribuer la « bêtise de bronze », avec sept citations à mon actif. J'ai dit à un camarade que j'aimais sa « présence masculine et racée », j'ai raconté à un autre que j'avais rêvé de lui. J'ai aussi déclaré : « Je ne suis pas un mâle ! » Il y a des élèves ridicules comme il y a des profs qu'on chahute.

Même si trente ans ont passé, je mérite toujours d'être inscrit au palmarès de la bêtise. Car la masculinité n'a cessé pour moi d'être un problème, une question en suspens. J'aimerais bien savoir en quoi je suis un homme – et même, si j'en suis un.

Ma pilosité faciale m'oblige à me raser une ou deux fois par semaine. Je suis plus grand et plus large d'épaules que la plupart des femmes que je connais ou que je croise dans la rue. Comme tous mes congénères, je possède un pénis qui sert à divers usages. Bref, je suis un « mec ».

Si les choses étaient aussi simples, il serait aisé de tracer une frontière entre filles et garçons, femmes et hommes. En réalité, notre biologie elle-même vient déranger ce partage. Même en sprintant, je serais incapable de suivre les athlètes du 10 000 mètres féminin sur plus de cinq foulées. À la piscine, je me fais allègrement doubler par des nageurs des deux sexes. Ma myopie m'interdit d'être pilote de ligne ou tireur d'élite, alors que des centaines de femmes le sont. Ma voix est si aiguë qu'on me dit « Madame » au téléphone.

Sur le plan moral, je ne suis pas intrépide, j'ai une faible capacité de décision, je ne sais pas trancher ni parler haut, je n'aime pas convaincre, je suis saturé d'angoisses, de telle sorte que, appartenant à la catégorie des hommes, j'y occupe facilement la place des « femmelettes ». Les moteurs de voiture, la plomberie, les ampoules, les barbecues ont gardé pour moi tous leurs secrets. D'ailleurs, le fait que je m'interroge sur ma masculinité est une démarche bien peu virile.

Cet auto-examen, qui pourrait passer pour sympathique, ne doit pas cacher les privilèges que je détiens en tant qu'homme blanc, hétérosexuel, diplômé, solvable en tout point du globe. À l'université, lorsque je fais cours, mes phrases sont tellement ciselées qu'elles ne risquent pas d'alimenter un quelconque bêtisier. Si l'on me demandait de décliner mes identités, j'égrènerais une série de fonctions intrinsèquement ou historiquement masculines : fils, frère, mari, père, mais aussi professeur, écrivain.

Je ne sais pas en quoi je suis un homme, mais je sens bien qu'il s'agit d'un statut auquel je dois une partie de mon autorité et de mon prestige, tout particulièrement dans le domaine intellectuel qui est le mien. Un jour que je présentais *Des hommes justes*, une jeune femme est venue me remercier : « Vous êtes le premier d'entre eux, puisque vous avez écrit ce livre ! » Hélas, les hommes justes n'existent pas. Un jour peut-être, cette utopie semblera banale. Aujourd'hui, il y a seulement des êtres-à-pénis qui sont nés légitimes et que tout conforte dans la bonne opinion qu'ils ont d'eux-mêmes. Toute morale est inhumaine ; et il n'existe que des hommes réels.

Si j'ai choisi d'évoquer mon enfance, c'est pour décrire une expérience que la moitié de l'humanité a vécue : être élevé comme un garçon, c'est-à-dire pas-comme-une-fille. Mon but est de mettre au jour les forces sociales et les formes culturelles dont je suis le produit ; étudier ma condition juvénile de pré-homme ; expliquer comment j'ai été inventé, construit, honoré peut-être, quelles ont été mes sources de pouvoir et mes marges de liberté ; de quelle façon j'ai intériorisé les codes de ma culture sexuée.

Mon parcours de genre s'est enrichi au contact de mes parents, de mes professeurs, de mes amis, de mes amoureuses, au fil des rencontres, des lectures, des jeux, des activités sportives, autant d'expériences au cours desquelles j'ai *intégré le masculin*, dans les deux sens du terme : en y trouvant ma place et en l'accueillant en moi. Au sein du genre autobiographique, cette autobiographie de genre analyse l'éducation-garçon que j'ai reçue à la fin du XXe siècle.

La masculinité enrégimentée, sous la forme du nazisme ou du colonialisme, est un fléau que je combats. Je n'ai que dégoût pour la violence verbale, physique ou sexuelle, l'arrogance des chefs petits et grands, la vanité des gourous, le règne de l'argent. Pourtant, je ne peux nier que ma masculinité, quelles que soient les formes qu'elle revêt (pas celles-là en tout cas), est un gain social net.

Je me méfie de l'aura des hommes, mais le fait est que j'en tire profit. Pour faire sauter quelques-uns des rivets qui verrouillent mon pouvoir, j'essaierai de savoir comment j'ai appris la domination et pourquoi elle me définit en partie. Malaise dans le masculin, avec ce qu'il faut d'assurance pour le faire savoir. Mâle incompétent, élève risible, incapable de se faire respecter, mais apte à inscrire son nom au tableau d'honneur. À la fois pitre et lion.

2

Accouchement sans douleur

L'ancien esclave américain Frederick Douglass souffrait de ne pas connaître sa date de naissance. Dans son autobiographie, publiée en 1845, il écrit : « La grande majorité des esclaves connaissent aussi peu leur âge que les chevaux. » En France, ils sont dans la même situation, alors que le code civil institue et protège cette information fondatrice : le jour, l'heure et le lieu de la naissance doivent être précisés dans l'acte. Aujourd'hui, les gens savent exactement quand ils sont venus au monde : leurs parents le leur ont dit, leurs papiers d'identité le confirment. L'enjeu n'est pas de connaître sa date de naissance, mais d'être félicité par ses proches le jour de son anniversaire.

Le mien donne lieu à tout un rituel. Mes parents m'appellent en fin d'après-midi pour commémorer l'instant où, pour la première fois, nous avons été mis en présence. Ma mère parle la première ou, si je suis occupé, elle me laisse un message : « Mon garçon, il est 17 h 35, c'est l'heure bénie de ta naissance. Nous pensons à toi et nous t'embrassons. » Ensuite, mon père : « C'était un immense moment de bonheur, je m'en souviens encore ! »

Mon anniversaire est la célébration de ma vie, la fête de l'enfance – joie de me savoir exister, de redire la filiation, d'être vivants tous en même temps. En plus du bonheur qu'ils ont éprouvé il y a deux, trois ou quatre décennies, mes parents affirment la constance d'un amour qui, parce qu'il ne cesse jamais, a besoin d'une scansion, comme on fait une pause lors d'une randonnée pour admirer le paysage. Leur coup de fil répète à distance le prodige de notre engendrement mutuel : moi leur enfant, eux mes parents.

J'ai eu une naissance communiste. La clinique des Métallos où j'ai vu le jour, rue des Bluets à Paris, avait été la première maternité en France à pratiquer l'accouchement « sans douleur ». Mes parents l'avaient choisie en connaissance de cause et, d'ailleurs, elle était située assez loin de leur domicile. Son fondateur, Fernand Lamaze, avait fait un voyage d'études en URSS au début des années 1950 pour se familiariser avec la « psychoprophylaxie obstétricale », qui consistait à préparer les femmes enceintes à l'aide d'exercices de respiration et de relaxation, sous la conduite d'une sage-femme et en dehors de la présence des maris. Ma mère m'explique : « On nous apprenait le souffle du petit chien. Tu halètes, ça te fait penser à autre chose. Ça marchait bien. L'accouchement m'a fait mal quand même, mais ça n'a pas été un moment horrible. »

ACCOUCHEMENT SANS DOULEUR

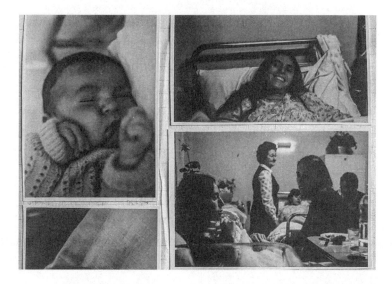

Aujourd'hui que la péridurale est disponible à la demande, il est difficile de se représenter la révolution à la fois médicale et politique qu'a constituée l'accouchement « sans douleur ». Une femme pouvait donner la vie sans être renvoyée au « péché d'Ève », qui justifie l'anxiété et la souffrance. Par son nom, la clinique des Métallos appartenait à l'histoire de la classe ouvrière, mais, par sa méthode émancipatrice – les retrouvailles avec le corps, une délivrance qui ne soit pas une malédiction –, elle annonçait les conquêtes du féminisme.

Ma grand-mère maternelle racontait que, lorsque sa propre mère avait accouché de son petit frère en 1927, à domicile, elle entendait des hurlements en provenance de sa chambre. Quant à ma femme, elle est née à la maternité de la Sainte-Famille à Lille, dirigée par des religieuses, et sa mère en a gardé un fort mauvais souvenir : dureté, atmosphère de tristesse.

Au début des années 1970, l'échographie n'était pas entrée dans les mœurs. L'accouchement réservait une surprise totale : fille ou garçon, bébé normal ou handicapé. En revanche, les pères étaient admis en salle de travail. Et ma mère de conclure :

> Ton père a pleuré. Moi, j'avais autre chose à faire : j'étais occupée à mon accouchement. Je n'ai pas crié, je n'ai pas pleuré. J'ai parfaitement réussi la méthode !

Et le nourrisson est apparu. Qu'avais-je de si précieux ? Un an plus tôt, ma mère avait fait une fausse couche. Mon père, devenu orphelin à l'âge de 2 ans, tenait son propre enfant dans ses bras. Surtout, dans la famille, j'étais le premier de ma génération, ma mère étant l'aînée de ses cousins. J'étais la graine qu'on voit verdir sur une terre brûlée.

Le lendemain de ma naissance, toute la famille et les amis sont venus admirer le bébé à la clinique : mes arrière-grands-mères dont les maris ont été internés à Drancy (l'un d'eux a été assassiné à Auschwitz), ma grand-mère qui a porté l'étoile, Constant auquel la tutelle de mon père et de ma tante a été confiée après la guerre, Poulot et Jacha qui ont réceptionné la lettre d'adieu de mes grands-parents paternels avant leur départ pour Auschwitz, la tante Maria déportée au même endroit avec sa fille en 1944, une amie de mes parents qui a perdu sa tante et sa cousine, une autre amie qu'on a mise seule dans un train à l'âge de 12 ans pour qu'elle rejoigne la zone libre.

Autour de mon berceau se sont bousculés non pas des fées, mais des survivants, enfants cachés, orphelins, veuves à gros accent yiddish. La peau tannée et ridée de ces vieilles femmes était le sillon où j'allais pousser. La reprise de la vie, ma germination criarde, leur faisait certainement plaisir, mais elle rendait plus obsédant encore le silence des leurs. Car les morts eux-mêmes étaient présents ce jour-là.

Par-delà le bonheur d'un couple, ma naissance fut la joie d'une grande famille réunie, l'espoir d'un peuple de petites gens. Cet espoir, je le porte en moi. De leur amour, je tire, outre mon aliment et ma force, un sentiment d'élection, l'effet de nécessité qui fait que, lorsque j'agis, j'ai la conviction d'agir comme il le faut, sous l'œil approbateur de ces artisans juifs qui sont venus m'applaudir aux Métallos. Ils me légitiment.

« *Nakhès* » est l'un des mots les plus importants de ma vie. Prenez un instant pour le prononcer en vous-même ou à haute voix : *nakhès*, avec le *kh* qui produit un son âpre comme le *ch* allemand ou la *jota* espagnole. Ce mot-clé du lexique yiddish désigne la fierté qu'un enfant procure à ses parents par le fait de ses succès scolaires ou professionnels. Donner du *nakhès* à ses parents, c'est répondre à leur amour en se montrant à la hauteur de leurs attentes. Être digne de la confiance qu'on a placée en vous.

Puisqu'on en est à parler yiddish, voici d'autres mots auxquels je suis attaché, parce qu'ils ont bercé mon enfance et qu'ils étaient presque effacés de la mémoire humaine à l'époque où je commençais ma vie :

– *tsourès* : soucis, difficultés du quotidien, le contraire du *nakhès* ;

– *shmatès* : chiffons, bouts de tissu que l'on découpe avec des ciseaux ou coud à la machine, mais aussi secteur textile au sens large ;

– *yakhnè* : commère qui cancane ;

– *mantsès* : histoires au sens de récit (« raconter une histoire ») ou de complication (« faire des histoires ») ;

– *toukhès* : fesses mignonnes d'un bébé, quelque chose comme « petit cul » ;

– *lokshen* : nouilles que l'on met dans le bouillon et, par ironie, grand dadais, adolescent un peu voûté comme je le suis devenu, après avoir été le poupon le plus adulé de la terre.

Chacun sait – ou feint d'ignorer – que Jésus était juif. Comme lui, j'étais né, le divin enfant. Quelques rescapés, éclopés de la vie, chantaient mon avènement.

3

Le journal d'enfance

Si je possède la liste complète des gens qui sont venus me voir à la maternité, c'est parce que ma mère l'a fait figurer dans mon « journal d'enfance ». Dans ce cahier d'une centaine de pages, dont la couverture représente des arabesques de fleurs et d'oiseaux verts et bleus dans le genre mandala, mes parents ont consigné la totalité de mes faits et gestes depuis ma vie anténatale jusqu'à la fin de ma petite enfance – poids, taille, maladies, acquisitions, événements divers –, avec quelques épisodes marquants jusqu'à mes 21 ans, le tout agrémenté de photos, de lettres et de dessins. De temps en temps, cette fastidieuse énumération est interrompue par des « bilans psychomoteurs » ou des encadrés « Motricité et langage ».

Au verso de la couverture, à l'intérieur, sont collés quatre photos de ma mère enceinte (au lit, se peignant complètement nue, debout dans la rue, montant en voiture), ainsi que mon bracelet de naissance, bleu clair, où mon patronyme est écrit en lettres capitales. Bleu comme un garçon, inscrit dans la lignée paternelle.

La première page de mon journal d'enfance est écrite de la main de mon père :

Chapitre 1 La Naissance

Ivan Jablonka

né le 23 octobre 1973 à 17 h 35
à la clinique des Métallurgistes, rue des Bluets,
en présence de son père et de la sage-femme
M.-C. G.

poids : 4 kg 100
taille : 53 cm

Le deuxième chapitre, de la main de ma mère, est consacré à ma première nuit : « Ivan s'est souvent révélé comme le plus braillard. Sa mère n'a pas voulu céder et les boules Quiès ont fait leur effet. » Suivent des photos de moi endormi, le lendemain de ma naissance, dans le berceau en plastique fourni par la maternité, et une photo à la sortie de la clinique : ma mère, cheveux attachés, belle, souriante, me tient dans ses bras, tandis que je dors emmitouflé au fond d'un couffin en laine orange à rayures blanches.

Dans le troisième chapitre, mon père narre le retour à la maison :

Papa en retard, maman énervée d'attendre. [Ivan] braillant dans son burnous trop grand. Vêtu d'une salopette en patchwork et d'une brassière jaune tricotée par maman au crochet à la clinique. Coiffé d'un bonnet péruvien offert par J. et M.

<u>Arrivée à la maison</u> : il est 12 heures passées, alors qu'un repas était prévu à 12 heures. Cris chez Ivan, un peu d'affolement chez les parents. Je dois stériliser un biberon. Je ne l'ai jamais fait. Nous avons au moins trois notices. J'applique la première méthode. Bouillir 20 mn dans une casserole. Je ressors le biberon dégoûtant de dépôt calcaire. Je le relance et le stérilise selon la méthode SEB cocotte-minute. 5 mn de rotation de soupape. Même résultat. Je téléphone aux copains. Mais c'est la Toussaint, je ne trouve personne.

On notera en passant les erreurs du père débutant et la mode andine de l'époque, hommage à la démocratie chilienne que Pinochet a écrasée deux mois plus tôt (je recevrai pour mon premier anniversaire une casquette rouge de Chine populaire). Mais là n'est pas l'essentiel.

Le plus important, le décisif, c'est l'existence même de ce journal d'enfance.

Fidèles à la tradition de la puériculture retrempée par l'esprit soixante-huitard, mes parents suivaient pas à pas le développement de leur nouveau-né. Ils lisaient le docteur Spock, pédagogue de l'affection et de la douceur, ainsi que *Dialogues avec les mères* du psychologue Bruno Bettelheim, publié en 1973, l'année de ma naissance. Ils étaient à l'affût de toutes les nouvelles méthodes. Ils observaient ma croissance, anticipaient et commentaient mes progrès. Confectionné dans la sphère familiale, mon journal d'enfance est une version améliorée du « carnet de santé » où le médecin note les examens, vaccinations, maladies, opérations qui rythment la prime enfance.

L'invention de ce carnet de santé, un siècle plus tôt, s'inscrit dans un contexte d'angoisse démographique. Professeur d'hygiène à la faculté, spécialiste de la mortalité des nourrissons, le docteur Fonssagrives publie en 1869 un livret avec tableaux et rubriques à remplir pour que les mères, en auxiliaires du médecin, tiennent les « annales de la santé » de leur bébé. Dans le dernier quart du XIXe siècle, les enfants abandonnés ou placés en nourrice sont pourvus d'un livret médical. Celui-ci n'est rendu obligatoire, pour l'ensemble de la population enfantine, que sous le régime de Vichy, en vertu de la loi du 16 décembre 1942 organisant la « sauvegarde physique et morale de la race ». Protection qui ne s'étend pas à tous les petits garçons et petites filles : deux mois plus tard, le convoi n° 46 déporte un millier de personnes, dont 122 enfants, vers Auschwitz.

J'ai donc eu un carnet de santé, comme tout le monde, et un journal d'enfance, comme personne. Ce journal, à la fois ma première archive et la première archive sur moi, m'a précipité dans l'histoire – histoire des enfants, de l'éducation, des Juifs, de la résilience, de cette période de prospérité qu'on appelle les Trente Glorieuses. Plus tard, j'ai écrit sur ma famille en professionnel, mais c'est d'abord parce que mes parents avaient produit et conservé une archive à ma gloire que je me suis senti investi par l'histoire, objet d'histoire, cible d'histoire, facteur d'histoire et, finalement, producteur d'histoire à mon tour.

Surtout, ma vie a été inaugurée par un livre. Le nourrisson méritait une biographie. Immortalisé au berceau, alors que je m'étais seulement donné la peine de naître. L'infime existence du fils aîné de deux parents nés juifs pendant l'Occupation devait être constatée, enregistrée, retranscrite, mise en récit, en tant qu'objet digne de témoignages et d'analyses. Un brevet de vie pour compenser la fragilité de la vie.

Le cahier, avec sa belle couverture vert et bleu, ses photos et sa foule de renseignements, est scanné dans mon ordinateur. Depuis vingt ans que je m'intéresse à l'histoire de l'enfance, je n'ai jamais vu une archive aussi méticuleuse, aussi imprégnée d'amour jusque dans la fibre du papier. Les livrets des pupilles de l'Assistance publique, souvent frappés au sceau de la maladie, de la violence ou de la mort, sont rédigés à la va-vite en style télégraphique. Quant aux carnets de santé inventés par le bon docteur Fonssagrives, ils ne délivrent que des informations médicales.

Mais mon journal d'enfance, dont je suis si puérilement fier, n'est rien à côté de celui que le médecin Héroard a consacré au dauphin, futur Louis XIII, fils de Henri IV et de Marie de Médicis, depuis sa naissance le 27 septembre 1601 jusqu'au siège de La Rochelle en 1628. Sur plus de 11 000 pages couvrant presque trois décennies, ce long procès-verbal nous renseigne avec une précision fascinante sur le quotidien du prince : hygiène, santé, alimentation, excrétion, sommeil, vocabulaire, emploi du temps, psychologie.

Entre le dauphin, arche d'une dynastie, et moi, enfant anonyme échoué à la fin du XXe siècle, les différences sont si évidentes qu'elles sont dénuées d'intérêt. Il portait une robe de satin blanc, un tablier, un corset, des bas, un bonnet ; quatre siècles plus tard, cette garde-robe serait réservée aux filles. J'ai toujours vécu avec mes deux parents, alors que le dauphin a été précocement confié à une armée de nourrices, domestiques, gouvernantes, dans sa petite cour de Saint-Germain-en-Laye, au milieu des enfants légitimes et bâtards du roi. Mon père n'avait pas les attributions du roi Henri IV, ni ma mère la fortune de Marie de Médicis, mais il n'est pas certain que l'héritier de la Couronne ait été davantage aimé que l'héritier de la Shoah.

Revenons aux journaux d'enfance. Tous deux s'ouvrent sur le récit de l'accouchement. Pour la reine : « douleurs d'enfantement » la veille dans la nuit, assistance de Mme Boursier sage-femme à Paris, naissance en présence du roi et de trois princes de sang. Pour ma mère : « début des contractions » la veille dans la nuit, arrivée à la clinique à 13 heures, perfusion, épisiotomie, expulsion. Hier comme aujourd'hui, on loue chez les garçons l'énergie, la robustesse, la puissance vocale, parfois la vigueur du sexe : toute la cour s'amuse à tripoter le zizi du dauphin (on disait sa « guillery »), tandis que mon père se félicite de mes mictions.

Fait significatif, Héroard s'intéresse à l'acquisition du langage. Il décrit le babil du dauphin comme un « jargon » propre à son âge. Au cours de l'année 1602, le bébé âgé de 6 à 10 mois fait entendre des *ghi*, des *dré* et des *ho ho*, ces derniers mots exprimant l'étonnement. En 1603, il crie « au loup » et dit *ago* pour Margot. Analysant mon gazouillis, mes parents reconnaissent les phonèmes *lê, la, eu, ê, gle*. En 1974, alors que j'ai 8 mois, « la vibration des lèvres (*br, brou*) semble signifier quelque chose ». Bilan de langage, au lendemain de mon premier anniversaire : « maman », « papa », « tu » (tiens), « pabou » (chaussure), « gade » (regarde), « ique » (musique).

Premiers jours du nouveau-né

	Dauphin (1601)	**Ivan (1973)**
Description	« Grand de corps, gros d'ossements, fort musculeux, bien nourri » (Héroard)	« A bien crié dès la naissance, a pissé, beau bébé, bien rose » (mon père)
Vêtement	Emmailloté	Babygro (pyjama une pièce)
Hygiène	« Toilette sèche » à base d'huile ou de vin	Bains, changes fréquents
Indispositions	« Trenchées » (coliques), éruptions cutanées, chassie à la paupière, gale	« Gueule beaucoup, se tortille », boutons sur le nez, rougeurs sur les paupières
Visites	Grands personnages du royaume	Famille et amis proches
Taille à 1 mois	1 pied 9 pouces (approx. 57 cm)	57 cm

L'emmaillotage pratiqué au XVIIe siècle ne pouvait qu'entraver la mobilité des enfants. À l'inverse, la frénésie pédagogique de mes parents laisse penser que j'étais un bébé ultrasollicité. Cela explique que je ris, gazouille et tends les mains à l'âge de 3 mois, plusieurs mois avant le dauphin. Lui et moi, nous parlons à 1 an. Une émotion particulière est attachée aux apprentissages, chaque fois que l'enfant « commence à ».

L'événement des premières fois

	Dauphin (1601 à 1608)	**Ivan (1973 à 1979)**
Bouillie/compote	15 jours	3 mois
Protéines animales	1 an 4 mois (canard)	5 mois (colin)
En nourrice	À la naissance	11 mois
Bain	7 ans [sic]	À la naissance
Dent	7 mois	9 mois
Marche	1 an	11 mois
Sortie	5 mois	9 jours
Cadeau	2 ans 4 mois (une croix du Saint-Esprit)	8 mois (un téléphone en plastique)
Écrire son nom	5 ans 4 mois	4 ans
Lire et écrire	6 ans	6 ans

Ces deux journaux, entre gazette princière et chronique médicale, reflètent le même degré d'investissement, l'un sous la monarchie, l'autre à l'ère démocratique. Nous n'avons pas eu droit aux mêmes honneurs, mais nous avons tous les deux reçu une éducation royale. Chacun a été programmé : pour le futur Louis XIII, la dignité, le pouvoir, l'aptitude à régner ; pour moi, le succès scolaire, la charge de mémoire, l'aptitude à donner du *nakhès*. Au fond, chaque enfant qui naît aujourd'hui a quelque chose d'un dauphin. Car au-delà de sa justification archivistique, ce rapprochement entre le prince et moi, entre le tout et le rien, indique une tendance lourde qui relève de l'histoire des mentalités : l'avènement de l'enfant-roi au XXe siècle.

Mes parents m'ont constitué de nombreuses archives, autant de preuves qu'ils m'ont aimé et que j'ai vécu : journal d'enfance, film de mes premiers pas, photos en tous genres, cahiers de classe soigneusement entreposés à la cave dans des cartons à mon nom. Être au centre des regards, enveloppé d'un amour inconditionnel, soutenu par la foi de mes parents, m'a donné une impulsion pour toute la vie ; mais cette chance était aussi un fardeau, le poids d'un destin qui tantôt m'ennoblissait, tantôt m'écrasait.

À un moment ou à un autre, je me suis mis à apprécier ces égards, croyant les mériter. Comme Louis XIII dans la cathédrale de Reims en 1610, petit bonhomme de 9 ans traumatisé par l'assassinat de son père, j'ai dû imaginer que ma personne était sacrée, que j'étais prédestiné, investi d'une mission : être un enfant de France, porter haut un nom qui aurait dû être effacé.

Le premier chapitre de mon livre claironnait : « Ivan Jablonka, né le 23 octobre 1973 à 17 h 35. » Mais qui dit début, dit fin. Ma date de naissance fièrement proclamée m'ouvrait, au-delà d'une belle perspective, un caveau prêt à me recevoir. L'imminence de la mort devenait ma raison de vivre.

Ivan Jablonka (1973-   )

4

Aux origines de l'angoisse

Depuis le XVIᵉ siècle, des traités, à l'instar des *Cinq Livres de la manière de nourrir et gouverner les enfants* (1565), prodiguent conseils et recettes aux nourrices. À la fin du XIXᵉ siècle, la puériculture commence à viser le grand public. Comme l'écrit l'historienne Marie-Madeleine Compère, le pouvoir médical trouve là « un terrain de prédilection pour imposer un pseudo-savoir contre les traditions familiales et l'initiative des mères ».

En 1973, même à la clinique des Bluets, on accable les mères de recommandations très strictes : coucher le bébé sur le ventre et le nourrir à heure fixe (toutes les trois heures), faute de quoi il deviendra « capricieux ». En conséquence, il faut réveiller le bébé pour le mettre au sein, mais le laisser pleurer s'il a faim. De plus, on recommande impérieusement de le peser après chaque tétée et, au besoin, de compléter avec un biberon. Dans mon journal d'enfance, cela donne :

> Réveil vers 8 h 45 en braillant. Toilette dans les cris et les pleurs. Pesée 4 kg 030.

> Tétée 10 h. Commence à brailler à 11 h 30 sans arrêt jusqu'à 13 h. On le change pour le calmer. Sans effet.
> Tétée 13 h. Beau repas. 80 g au sein, 20 g au biberon. Braillement à 15 h jusqu'à la tétée.
> Bonne tétée à 16 h. 70 g au sein, 25 g au biberon. 1 heure de sommeil. Braillement jusqu'à 19 h.
> Tétée 19 h.

Ma mère le regrette aujourd'hui, mais c'est un fait : j'ai pleuré de faim. La volte-face n'a d'ailleurs pas tardé, puisque mon frère, né trois ans plus tard, a bénéficié de l'allaitement libre. Les carnets de santé de mes filles, édités dans les années 2000, prescrivent toujours : « Au début, donnez le sein à la demande. »

Pour compléter les informations délivrées par mon journal d'enfance, j'ai proposé à mes parents un déjeuner-entretien. À la fin du repas, j'ai demandé à ma mère comment s'était passé son accouchement. Mon père a répondu avec enthousiasme :

> Pour ta naissance, elle a été magnifique ! On suivait l'accouchement sans douleur, elle faisait tout avec conscience, elle était extrêmement appliquée. Elle a eu un « très bien » de la part des instructrices.

J'ai aussitôt congédié mon père, en lui ordonnant d'aller faire un tour et de revenir plus tard. Ma mère, qui refusait de témoigner dans mon livre par pudeur, mais aussi parce qu'elle croyait n'avoir rien à dire, a fini par me raconter mes premiers jours – avec plaisir, je crois. Nous avons évoqué ma naissance, l'atmosphère « pédago » de l'époque.

Le projet éducatif de mes parents était mûrement réfléchi : *Pierre et le Loup*, les comptines d'Anne Sylvestre, les chansons de Graeme Allwright. Je n'avais que des jouets neutres : Lego, Playmobil, pas de voitures, pas de pistolets, pas de poupées. Plutôt que des Walt Disney conventionnels, le dessin animé « Il était une fois l'Homme », créé en 1978 par Albert Barillé et diffusé tous les soirs avant le journal télévisé, qui racontait l'aventure humaine par épisodes : invention de l'agriculture, pyramides d'Égypte, Moyen Âge, *Joconde*, Louis XIV, prise de la Bastille, jusqu'à la conquête spatiale et la pollution industrielle. Pour résumer, la culture et la neutralité de genre ont constitué un deuxième liquide amniotique dans lequel j'ai grandi comme en suspension.

Ensuite, j'ai demandé à ma mère pourquoi j'étais si angoissé.

> On voulait faire parfait. Que notre enfant soit parfait.
> Parce que tu as été le premier, on t'a demandé beaucoup. Avec le suivant [*mon petit frère*], on est rodé, on le laisse tranquille.
> Tu as marché très tôt, à 11 mois.

J'étais stricte : « Ceci, on fait ; cela, non ! »
Est-ce que j'étais trop rigide ?
Je suis trouillarde : j'ai peur d'un accident, avaler de travers, tomber à vélo, être renversé par une voiture, aller trop vite en patinette. Peut-être que ça a joué.
Tu sentais qu'on voulait de la réussite. L'école, c'était important. Être bon élève.
On voulait faire une éducation complète.

Au bout d'une heure, mon père est revenu et il a eu le droit de témoigner à son tour. Je lui ai aussi posé la question de l'angoisse.

Tu as pleuré tout de suite, beaucoup. Aujourd'hui, on te prendrait dans les bras. À l'époque, la doctrine, c'était de laisser l'enfant pleurer.
Ta naissance a été un moment formidable. C'était un rêve qui s'accomplissait.
On t'a beaucoup attendu. Il y a eu un sur-investissement.
J'étais infiniment attentionné. Il fallait que je joue avec toi, que tu aies tout ce qu'il faut, le meilleur environnement possible. Comme si je voulais t'immerger, te submerger, te noyer par l'attention et les soins.
J'ai été exigeant avec toi. Je voulais que tu sois parfait, en avance.

Tu as marché tôt. Je voulais que ça continue : être tout le temps le premier. Il fallait plus encore. Un jour, je t'emmène skier, à 3 ans. Tu ne voulais pas, je me suis mis en colère, je t'ai donné un coup de pied aux fesses. Je voulais que tu sois dans la performance permanente.

Je m'impatientais quand tu ne calculais pas assez vite, quand tu apprenais trop lentement tes tables de multiplication.

De l'amour que j'ai reçu dans ma petite enfance, deux sortes de folie ont résulté. En premier lieu, l'angoisse. Elle a été ma nourriture, je l'ai bue au sein de ma mère. Aujourd'hui, c'est un sujet de rigolade avec mes filles lorsqu'elles rentrent d'un séjour chez leurs grands-parents : « Mamie ne veut pas qu'on rie à table, elle a peur qu'on s'étouffe. » Mais pour moi, c'était ma mère. Le résultat est que, en anxiété, je bats tout le monde. C'est le seul domaine où j'excelle.

Deuxièmement, mon caractère obsessionnel. Mon journal d'enfance montre que cela s'est installé très tôt. Au camping de la Bédoule, à l'été 1975, alors que je vais sur mes 2 ans, je ne descends pas de mon tracteur : « Il en est devenu un grand fanatique. » À propos des mûres que je cueille : « Il en est fou, même des vertes et des pas mûres. » À l'hiver 1976, je m'entiche de *Pierre et le Loup* : « Il ne se lasse pas de l'écouter plusieurs fois de suite. » Avec ma mère enceinte de mon frère, je joue à être un poussin dans un œuf qu'elle doit couver : « Il naît, et ce vingt fois de suite. »

Angoisse et obsession, me voilà tout entier. À l'âge adulte, ce duopole du manque m'a fait faire des choses plutôt heureuses. Des objectifs plus ou moins intéressants se présentent à moi, me captivent, m'obnubilent, comblent ce qui fait défaut. Mon esprit n'a plus qu'un but ; une mécanique d'enfer l'actionne ; la cadence se résout en écriture ; et quand le livre est terminé, je passe au suivant. Enthousiasme ou aliénation, comme on voudra.

5

Cul nu à la Bédoule

Mon enfance s'est ébattue sur deux terrains de jeu au climat méditerranéen : El Carmelo, l'école californienne où j'ai passé mon année de CP en 1979-1980 ; le camping naturiste de la Bédoule, sur les hauteurs de Cassis dans le sud de la France, que nous avons fréquenté à la fin des années 1970 et au début des années 1980. J'y ai respiré sans m'en rendre compte le soleil de la liberté.

Le naturisme a été inventé au XIXe siècle en France et en Allemagne par quelques idéalistes, anarchistes, végétariens, fruitariens ou thérapeutes, dont l'idéal était de vivre au grand air pour ne pas périr victimes de ce « crime de lèse-humanité » qu'on appelle la ville. Leur programme était tout simplement le sauvetage de l'espèce : « Revenons à la nature et régénérons-nous », exhortait le docteur Rouhet à la veille de la Première Guerre mondiale. Un autre de ces pionniers, Henri Zisly, révoqué par son employeur pour s'être déclaré antipatriote en pleine guerre, animait un journal intitulé *La Vie naturelle*, « publication néo-naturienne préconisant la vie simple sous toutes ses formes, libertaire et révolutionnaire ». Pour eux, la nudité n'était qu'un mode de vie au service d'objectifs autrement ambitieux, l'écologie et la décroissance, en supplément de l'égalité.

Quelques décennies plus tard, la Bédoule incarnait cet esprit, encourageant le retour à la nature, prônant la vie communautaire, mettant à l'honneur une sociabilité de type familial – à ceci près qu'on n'y pratiquait pas excessivement les activités physiques et que la propreté des sanitaires était douteuse. Comme le camping n'avait pas d'existence légale, il ne figurait dans aucun guide de tourisme. Seul le bouche à oreille avait peu à peu grossi la bande de copains qui l'avait fondé au début des années 1970.

Géré par un couple de vieux Russes, Alioche et Génia, le camping était un lieu de contre-culture post-soixante-huitarde, foyer d'anarchie à tous points de vue. Pour profiter de son atmosphère de liberté, il fallait accepter les bungalows vermoulus, les fils électriques courant au milieu des pins, les toilettes à la turque dans un cabanon en planches disjointes, la désorganisation la plus complète et le mépris absolu pour les règles de sécurité. En plein mois de juillet, Alioche avait fait un feu dans la pinède pour se débarrasser de quelques branchages ; les pompiers de Cassis avaient rappliqué en cinq minutes.

Né à Moscou, d'origine arménienne, Alioche (Oxent de son vrai nom) était encore adolescent quand il était arrivé en France pour y faire des études. Résistant dans le maquis de Barrême au cœur des Alpes, il était devenu après la guerre l'un des animateurs du mouvement naturiste provençal, ouvrant des campings avant de se retirer dans ce haut lieu de convivialité qu'était la Bédoule. Impressionnante, féministe, roulant les *r*, généreuse dans tous les sens du terme, Génia était la matrone du camping. Un jour qu'elle était en colère, elle avait critiqué l'éducation « laxiste » que mes parents nous donnaient ; car nous avions le droit de tout faire, manger salement à table ou cavaler à droite et à gauche au moment du dîner. Singulier reproche, car on n'aurait pas trouvé sur terre un endroit plus laxiste que la Bédoule.

À part mon entourage immédiat, le camping était peuplé de profs en vacances, de vieux émigrés en marge, de gens un peu perdus, barjots déjantés, vagues copains, militants débonnaires, habitués sans profession qu'on ne connaissait que par leur surnom, « Jean Grosses-Cuisses », « Nicole CNRS ». Pour guider les rares invités qui osaient s'aventurer dans ce dédale de végétation, il fallait leur recommander de résister à l'impression de s'être trompés car, après le dernier village, le chemin poussiéreux semblait ne mener nulle part. Finalement, on apercevait une baraque qui avait l'air abandonnée : c'était l'accueil. Alioche et Génia vivaient dans cette cahute construite de leurs mains, dite le « Tolstoï », au milieu d'un foutoir terrible encombré de vieux objets qu'on avait oublié d'emporter à la décharge.

Les journées se passaient à pas grand-chose. On faisait la grasse matinée. On faisait la sieste. On refaisait le monde. Des discussions flamboyantes tiraient le boulodrome de sa torpeur. La cuisine était un art de vivre. Des intellos allaient perdre quelques dizaines de francs au casino de Cassis. Des jeunes tapaient dans un ballon de volley. Les enfants traînaient à la piscine. Les parents jouaient à la belote jusque tard dans la nuit, avant de regagner qui sa caravane, qui son bungalow. On vivait ainsi, un jour poussant l'autre.

En un mot, la vie était douce. L'air était rempli du bruit des cigales et de parfums sauvages, saveur des mûres dans les ronces, acidité marine de la garrigue et des pins, arôme du thym qui griffait les chevilles, suavité lourde des figuiers exaltés par la chaleur. Tout au fond du camping, dans un endroit connu de moi seul, une petite falaise de schiste se débitait par plaques, me laissant parfois dans un étrange face-à-face avec un fossile vieux de cent millions d'années. Des sentiers compliqués menaient au Gibau, la colline qui surplombait paresseusement le camping ; Frédéric Mistral, le grand poète provençal du XIXe siècle, l'appelait le « mont Gibal ».

Évidemment, la Bédoule a fini par se retrouver dans le collimateur d'une administration quelconque, qui l'a fermée en 1985 pour non-conformité avec toutes les règles existantes. Comme disent mes parents avec un sourire un peu nostalgique, « c'était folklo », c'est-à-dire empreint du folklore baba-cool de cette époque où j'ai appris à courir et à nager.

Par définition, on voyait beaucoup de sexes à la Bédoule, mais, au moins pour l'enfant que j'étais, rien de sexuel à proprement parler. Pourtant, j'y ai fait l'apprentissage de la nudité, la mienne et celle des autres, en voyant toutes ces anatomies vaquant tranquillement à leurs occupations. Je me rappelle les gros ventres et les pénis ratatinés des hommes, ainsi que leurs poils gris qui les faisaient ressembler à des loups à la retraite. Le seul naturiste pervers que j'ai rencontré était un vieillard décharné, squelette aux yeux encore lubriques, qui prenait plaisir à me raconter de terrifiantes « histoires vraies » : un piéton écrasé par un rouleau compresseur et dont la tête se retrouve enfoncée dans le bitume comme une boule de pétanque ; un homme à mobylette dont le cou est tranché net par les tôles dépassant d'une camionnette qu'il a voulu doubler, après quoi la mobylette continue sur sa lancée, emportant le corps d'où jaillit une gerbe de sang. Autre scène où ce croque-mort ricanant tient le premier rôle : au milieu de son cénacle, le journal grand ouvert, il lit à voix haute un fait divers où un garçon a été tué après avoir été « sodomisé ». Je demande ingénument ce que le mot signifie ; les adultes rient de connivence et, finalement, personne ne me répond.

Bien que je sois devenu pudique et que la nudité en famille ne me dise rien, je garde un bon souvenir de la Bédoule. J'ai conservé intacte en moi la philosophie du naturisme : l'être humain fait partie de la nature, le corps est une chose saine et normale. J'ai adoré me baigner, jouer, cueillir des mûres, me promener cul nu par les sentiers, seul ou avec des copains, un peu livrés à nous-mêmes, sous le regard lointain mais confiant des adultes que nous retrouverions le soir, lisant à l'ombre ou tapant le carton sous un auvent, piliers sereins de cet espace défiant toute norme.

Cette utopie nichée au cœur de la Provence offrait une société non hiérarchique, non verticale, sans leader à qui l'on doive obéir. Mamans et papas, copains et inconnus, jeunes et vieux, tout le monde était mélangé, débarrassé de sa spécificité biologique et de son statut social. Bien sûr, on voyait beaucoup de toisons, de fesses et de seins, mais ces attributs n'étaient pas sexués ; ils ne comptaient pas plus qu'un menton ou qu'une chaise de camping. Ils ne signifiaient rien.

Ce désapprentissage dont j'ai bénéficié est crucial, non seulement parce que les vêtements codent le genre dans la plupart des sociétés, mais aussi parce que les activités accomplies « entre hommes » ou « entre femmes » offrent aux enfants un modèle auquel se conformer dès le plus jeune âge.

Voici par exemple un rite de passage que relate Antoine Sylvère, fils de métayers né en Auvergne à la fin du XIXe siècle. Âgé de 4 ou 5 ans, il entre par hasard dans un cabaret plein d'hommes qui jouent aux cartes en buvant du vin.

– Es-tu un garçon ou une fille ? demanda le premier qui s'aperçut de ma présence.

Il releva ma robe jusque sous les bras et conclut gravement :

— Pisque t'es un mâle, t'as le droit de boire un coup.
Et il me tendit son verre.

L'enfant passe son après-midi à boire avec les hommes dans une communauté fraternelle, jusqu'à ce qu'il vomisse tout.

À la Bédoule, la liberté, la mixité et la nudité elle-même interdisaient les phénomènes d'agrégation masculine. Parmi les hommes, il n'y avait que des joueurs de belote, des coqs déplumés, des rigolos et des rigolards, des contemplateurs et des imprécateurs, des philosophes, des musiciens et des poètes, chacun promenant son zizi, sa moquette de poils ou sa bedaine, et cet étonnant cortège était un antidote à la phallocratie. Parce que le roi était nu, il perdait toute majesté. En fait de sexe, il n'avait plus ni bâton, ni sceptre, rien qu'une excroissance brune comme une limace. De cet étalage de corps masculins résultait une totale démasculinisation des corps. Sans le savoir, ces pères peinards dénonçaient la comédie de la virilité.

6

L'éducation bienveillante

Sise dans la petite ville de Palo Alto, sur la Côte ouest des États-Unis, l'école d'El Carmelo est l'autre utopie de mon enfance. Elle avait de nombreux atouts. Un terrain de sport couvert d'un gazon presque appétissant s'étendait le long d'un portique qui desservait les salles de classe. Soleil toute l'année. Au déjeuner, ma *lunch box* garnie de crudités et de sandwichs. Des fêtes avec stands de jeux et barbecues, en présence des familles. Des matchs de *soccer*, football à l'européenne (le football américain étant réservé aux cogneurs). L'équipe dans laquelle je jouais, les *Red Devils*, était mixte et je n'ai jamais eu la naïveté de croire que le foot était un sport de mecs.

Mon institutrice s'appelait Mrs Gong. Américaine d'origine coréenne, douce et patiente comme une grand-mère, elle était la gentillesse incarnée. Sur la photo de classe, on me voit assis à côté d'elle, petit garçon à l'air sombre, avec un pansement au coude et un autre sur le genou. Le visage de Mrs Gong est illuminé par un sourire qui m'inspire aujourd'hui encore un sentiment de confiance. C'est avec elle que j'ai appris à lire.

Je suis arrivé aux États-Unis sans parler un mot d'anglais, et il a bien fallu que quelqu'un – mon père, sans doute – me traduise le mot qu'elle m'a adressé le lundi 3 septembre 1979, quelques jours avant la rentrée : « Cher Ivan, bienvenue en *first grade* ! Je suis tellement contente d'être avec toi en salle 6. As-tu passé un bon été ? À jeudi ! Avec l'affection de ton institutrice, Mrs Gong. »

Six semaines plus tard, le jour de mon anniversaire, la classe s'est réunie autour de moi en présence d'une interprète pour m'honorer d'une série de questions. Reproduite au moyen d'un stencil, la liste figure dans mon journal d'enfance, rouvert pour l'occasion :

>MARK D : Quelle est ton activité préférée ? – Aller à l'école.
>BARBARA : Aimes-tu jouer au ballon ? – Oui, beaucoup.
>NICK : Quel est ton camion préféré ? – Je n'ai pas de camion, mais j'ai une voiture Superman que j'aime beaucoup.
>JULIA : Quel âge as-tu ? – Six ans.
>MARK W : Quel est ton fruit préféré ? – La pomme.

TAUNA : Quelle est ta couleur préférée ? – Le rouge.
TIM : Quelle est ton émission préférée ? – *Rue Sésame*, parce que j'apprends des mots anglais.
STACY : As-tu des frères et sœurs ? – J'ai un petit frère.
NIKKI : Quel est ton poisson préféré ? – Le poisson rouge.
CHRIS : Quel ton chiffre préféré ? – 10.
JOHN : Quel est ton jeu préféré ? – Lego et Monopoly.
MARCI : Aimes-tu faire du vélo ? – Oui.
CESAR : Quel est ton film préféré ? – Charlot [*l'interprète a cru bon de préciser :* « C'est un film français »].

Cet interrogatoire d'enfants symbolise pour moi l'éducation bienveillante que j'ai reçue aux États-Unis. À chaque anniversaire, la classe était invitée à entourer le héros du jour et à lui poser des questions, façon de lui montrer que sa personne comptait. Sur mes dessins pieusement conservés par mes parents, Mrs Gong apposait un mot d'encouragement agrémenté d'un smiley : « Quel beau dessin ! », « Une belle image d'automne, Ivan », « Quel dragon effrayant ! », « Est-ce que ta famille a passé un bon moment ? ».

Cet enseignement positif, fait de respect, de curiosité, d'attention à autrui, où les reproches et la violence n'avaient pas cours, me paraît remonter en droite ligne au philosophe John Dewey, pour qui l'éducation des enfants doit contribuer à l'avènement d'une société démocratique. À El Carmelo, celle-ci se construisait non par l'intégration forcée, mais par le goût des autres et notamment l'intérêt pour la communauté dont chacun était originaire, et c'est pourquoi Mrs Gong nous parlait du nouvel an chinois, de la fête nationale mexicaine ou de la journée de Martin Luther King. Elle ne sacrifiait pas au prétendu « communautarisme anglo-saxon » que fustigent certains, et cela d'autant moins que nous récitions tous les jours, la main sur le cœur, le serment d'allégeance au drapeau des États-Unis. Il s'agissait simplement d'apprendre à vivre ensemble.

Pour la parade d'Halloween, je me déguise en King Kong, et mon frère en mouton.

L'un de nous deux renverse immanquablement son verre de Coca lorsque nous allons manger en famille à la pizzeria « Round Table ».

Un soir, je me mets à sauter sur le lit de mes parents en pleurant : « Je ne veux pas mourir ! »

Aux vacances de Pâques, nous nous rendons à Disneyland, près de Los Angeles.

Cela m'a fait tout drôle quand un autre Disneyland a ouvert ses portes, près de Paris, en 1992 : j'ai toujours considéré que c'était une imposture, car le « vrai » était ailleurs. Quelques années plus tard, la fête d'Halloween a aussi été importée en France. Dès le milieu du mois d'octobre, le noir et l'orange font leur apparition dans les allées des supermarchés, les vitrines sont envahies de citrouilles et de fausses toiles d'araignée, les magazines regorgent de conseils de maquillage, sorties, recettes, repas à thème, activités pour enfants. Cette américanisation accélérée de la France, qui devrait faire réfléchir ceux qui dénoncent son « islamisation », me donne une déprimante impression d'inauthenticité. La joie factice des publicités n'approchera jamais la magie de mon enfance.

La Bédoule, El Carmelo : deux terres de bonheur. D'un côté, une improvisation estivale au milieu de laquelle le masculin était comme neutralisé ; de l'autre, une école de la bienveillance qui apprenait aux enfants à se respecter. Génia, Mrs Gong : deux immigrées, une Baba Yaga russe, une mamie gâteau coréenne, deux vieilles femmes de conte, celles qui orientent l'enfant en chemin. Perdu dans ce camping où personne ne s'occupait vraiment de moi, ou invité à frayer avec des camarades dont la langue m'était inconnue, je vagabondais dans un paysage multiculturel, une enfilade de microcosmes arc-en-ciel qui me découvraient progressivement leurs secrets. Nul maître ne régnait en ces lieux décentrés.

7

À la déli-délo

C'est seulement au début des années 1980, après notre retour en France, que je suis entré dans la « cour de récré », cet espace clos, entouré de murs, avec un sol en asphalte où se dressent quelques platanes maladifs. Je fréquente l'école Antoine-Chantin dans le XIVe arrondissement de Paris, située à deux rues de celle où nous habitons, à mi-chemin entre le métro Alésia et la porte d'Orléans.

La culture d'école se caractérise par des jeux, des chansons et un vocabulaire. Le ballon étant interdit, les garçons jouent aux billes entre les racines noueuses des arbres. Avec une pichenette du pouce ou de l'index, on propulse les agates, transparentes comme des gouttes d'eau, et les porcelaines, dites « porce », blanches veinées de rouge, de jaune ou de bleu. « À la tic », on empoche la bille de l'autre si on la touche avec la sienne ; « au pot », celui qui envoie sa dernière bille dans le trou gagne toutes celles qui s'y trouvent déjà.

Les filles jouent à l'élastique ou récitent des comptines en se tapant les mains, par exemple « Dans ma maison sous terre ». Je suis impressionné par la rapidité de leurs pieds s'enroulant autour du fil blanc, par la virtuosité de leurs mains qui se frappent rythmiquement selon des enchaînements complexes et immuables. C'est la première fois que je regarde un corps de fille avec l'idée qu'il est non seulement différent du mien, mais aussi supérieur dans de nombreux domaines. Elles portent des robes ou des pantalons. Mes culottes courtes laissent à découvert mes genoux blessés.

La déli-délo est l'un des rares jeux mixtes. C'est une partie de chat par équipes. L'enfant qui a été attrapé va rejoindre les autres prisonniers de son équipe, lesquels se tenant par la main forment une ligne à partir d'un point fixe. On délivre l'ensemble de ses camarades en touchant l'un d'eux, après avoir évité les limiers de l'équipe adverse qui patrouillent dans la cour. Le jeu donne lieu à des déploiements magnifiques lorsqu'une chaîne d'enfants, brisée par la magie d'un contact, se disperse dans une explosion de joie et de piaillements. À la sonnerie, nous regagnons notre classe, hors d'haleine. J'ai encore en tête la chanson qui accompagnait nos parties :

À LA DÉLI-DÉLO

Mon meilleur ami s'appelle Yann. Nous sommes dans la même classe en CE1 et en CE2, pas après, mais nous restons très proches pendant tout le primaire. Il a une sœur jumelle. Comme on ne les met jamais dans la même classe, je suis tantôt avec l'un, tantôt avec l'autre, c'est-à-dire d'une certaine manière toujours avec lui. Yann a la peau mate, une mâchoire carrée, les lèvres charnues, des yeux rieurs, des cheveux très bruns. Plus petit et plus fort que moi, c'est un bagarreur plein de vie, les pieds sur terre, qui ne s'embarrasse pas d'un excès de sensibilité.

Le père de Yann est grand reporter à Europe 1 ; sa mère, décoratrice, écrit des livres sur les tisanes, le miel, le jardinage, les plantes aromatiques. Tous les deux sont beaux et accueillants, affichant une ouverture d'esprit qui me les fait paraître « modernes ». Leur appartement lumineux a des nuances de bois clair et de jonc, relevées par l'éclat de quelque plante fleurie. Un escabeau sert de présentoir aux cactus de la mère de Yann. Dans une bibliothèque, les tranches des livres alternent avec des photos en noir et blanc et des statuettes rapportées d'Asie ou d'Amérique latine. Leur salon témoigne d'un « art de vivre ». Chez moi, on se contente de vivre, et cela me paraît déjà énorme.

La famille de Yann est auréolée de prestige autant que de mystère. Il passe tous ses étés à Cadaqués en compagnie de sa sœur et de ses cousins. Je sais vaguement que c'est un village d'Espagne et, sans jamais y être allé, je me représente les maisons blanches, la mer bleue, la lumière, peut-être aussi des oliviers et des barques, un coin de paradis avec une végétation luxuriante (en lien avec le travail de sa mère) où crèchent des cacatoès (par proximité avec « Cadaqués »). Yann et ses parents ne sont pas juifs, mais je sens qu'ils appartiennent à la même famille que nous : celle du Front populaire, *Frente Popular* en espagnol, *Front Popular* en catalan. Résistante pendant la guerre civile, la grand-mère a dû fuir son pays pour se réfugier à Toulouse, où elle a aidé de nombreux Juifs à passer en Andorre.

Au printemps de mon année de CM1, nous partons en « classe de nature », un séjour équestre au Bourg-d'Iré, dans la campagne angevine. Nous sommes logés dans le château de Bellevue, une bâtisse glaciale où nous dormons, prenons les repas, travaillons le matin, écoutons le directeur qui joue de l'orgue. L'après-midi, nous nous occupons des poneys, baptisés Orphée, Pacôme, Lemme, Martial, Olympe, à moins que nous ne partions en excursion visiter un haras ou un autre château des environs. Séjour au grand air pour petits citadins, avec pluie, gadoue, bottes, traversée de prés, odeurs d'écurie, extase devant un percheron d'une tonne et un pur-sang champion de course, consternation après que les paons du château ont souillé notre salle de classe.

Le soir, on se met au lit dans une atmosphère d'hilarité que je n'ai retrouvée qu'au service militaire. Aussitôt les lumières éteintes, six garçons hurlent à pleine voix : « Vos gueules, les mouettes, marée basse ! » Mon copain Fabian, aujourd'hui gestionnaire de fortune dans une banque privée, me rappelle cette anecdote : « Tu étais caché sous un lit. J'ai sauté dessus. Ça t'a coupé un peu le menton. Par la suite, tu as pu arborer fièrement cette cicatrice de guerre. »

La seule archive que je conserve de ce séjour est un journal de bord collectif décoré de photos et de dessins. Une photo me représente au milieu d'une « partie de chahuterie avec les filles », alors que l'une d'elles fait mine de m'étrangler. On y trouve aussi le récit de ma première rencontre avec un poney : « Je tremblais et je n'arrivais pas à tenir les rênes. Monsieur C., le directeur, arrive et me dit (je n'ai jamais su si c'était ironiquement ou pas) : "Tiens bien les rênes sous la bouche, c'est le seul qui mord." Je tremblais de plus en plus. »

Ma sociabilité et mes jeux de petit garçon ne m'empêchaient nullement d'avouer ma peur, et cela me fait sourire, aujourd'hui que je suis devenu un homme dont la vie croule sous les angoisses inutiles accumulées depuis que je suis un petit garçon.

8

Les maîtresses-mamans

Lorsqu'elle touche à la vie de classe, la culture d'école relève d'une évidence qui s'impose à tous :
– on appelle l'institutrice « maîtresse » (exclamations lorsque « maman » échappe à l'un d'entre nous) ;
– il faut lever la main pour demander la parole ;
– sauf cas de force majeure, on n'a pas le droit de se lever, ni de circuler dans la classe ;
– la maîtresse écrit « bien », car ses cursives, d'une régularité parfaite, possèdent des boucles élégantes et des jambes qui descendent de deux lignes exactement ;
– dans son cahier, on écrit en bleu, la maîtresse corrige en rouge et l'élève se corrige lui-même en vert ;
– la marge est un espace réservé à la maîtresse, qui y note ses observations, par exemple *tb* (très bien), *b* (bien) ou *ab* (assez bien) ;
– la notation va de 0 à 10, la zone des « bons » commençant à 8.

La culture d'école détermine aussi l'emploi du temps et la disposition de l'espace. La journée s'étend de 8 h 30 à 16 h 30. La maîtresse écrit la date à la craie sur le tableau vert. On commence par du français et du calcul : les « fondamentaux » sont enseignés le matin quand les enfants sont plus attentifs, l'après-midi étant consacrée aux savoirs « annexes » comme l'histoire, la géographie et les sciences. Le français est la matière reine, si vaste qu'elle se décompose en sous-activités, lecture suivie, dictée, rédaction, orthographe, grammaire avec les exercices du *Bled*. Annoncées par une sonnerie, les récréations offrent une respiration attendue le matin vers 10 heures, le midi avant et après la cantine, l'après-midi vers 15 heures.

Nous sommes assis à des pupitres en bois, sur un banc à deux places solidaire du bureau. Bien que tout le monde utilise des stylos-bille et des quatre-couleurs, la table inclinée est encore munie d'un trou pour l'encrier et d'une rainure pour les porte-plumes, en usage jusque dans les années 1960. Aux murs sont accrochés des dessins d'enfants et des cartes de France thématiques : fleuves et rivières, espaces agricoles et forêts, zones urbaines. Les pupitres sont tournés vers le bureau de la maîtresse comme des tournesols vers le soleil.

Après la cour de récré et la salle de classe, les deux espaces primordiaux sont la cantine, où l'on déjeune dans un bruit assourdissant, et le préau, où l'on fait un semblant de gymnastique en chancelant sur une poutre ou en se roulant sur des tapis de sol bleus usés par des générations d'écoliers. Concrétion de traditions, de rites, d'emplacements, d'objets accumulés depuis le XIXe siècle, l'école me semble intemporelle, pareille à un roc.

Toute cette organisation atteste la prééminence de ce que Larry Cuban appelle la « *teacher-centered instruction* », un apprentissage centré sur la figure de l'enseignant : le professeur parle davantage que ses élèves, le savoir ruisselle du haut vers le bas, le cours enveloppe la classe entière, le découpage par matière introduit une alternance qui devient routine, la parole et le jugement du professeur sont sacrés, mystiquement confirmés par le manuel scolaire sur lequel ils s'appuient.

Cette grammaire scolaire n'empêche pas la pédagogie d'évoluer dans une certaine mesure. Trente ans plus tard, mes filles ont connu, à la place de la notation chiffrée, un code de couleurs moins brutal : vert pour « acquis »,

orange pour « en voie d'acquisition », rouge pour « pas encore acquis ». Quand j'étais aux États-Unis, le livre de lecture français que ma mère m'infligeait, *Daniel et Valérie*, avait pour protagonistes des filles et des garçons différents par nature : « Valérie passe près de la pie, elle a peur » ; « Lola a salé la salade de tomates » ; « Daniel a de l'ambition. Il admire les aviateurs ». En 1983, en CM1, notre cours d'histoire nous apprenait ceci : « Avec les Mérovingiens, la civilisation est en recul. Elle est bien loin, la justice romaine ! [...] Les rois fainéants ne font rien, alors un chef courageux, Charles Martel, repousse les Arabes à Poitiers. » Ces fariboles burlesques, quasi-fictions dont les réformateurs se moquaient déjà dans les années 1820, n'ont heureusement plus cours aujourd'hui.

Pourtant, il faut bien conclure à l'extrême stabilité de la culture d'école, qui tient son caractère à la fois universel et sentimental de la démocratisation du primaire engagée par Horace Mann aux États-Unis et par Jules Ferry en France. L'établissement que je fréquentais, installé dans un bâtiment en pierre de taille, avec son drapeau tricolore, son fronton sculpté au-dessus de la façade, sa lourde porte, son grillage à la fenêtre de la loge de concierge, existait à des milliers d'exemplaires dans les villes et villages de France, où il faisait office de temple laïc. C'est encore le cas aujourd'hui. Notre école était « élémentaire » par le socle de ses apprentissages, mais aussi par la puissance de ses normes, qui faisaient d'elle un milieu à la fois sécurisant et autoritaire dès lors qu'on apprenait, avec les règles, à ne pas les enfreindre.

Avant de se sédimenter en moi en une couche compacte d'évidences, ces éléments m'ont surpris parce que, débarquant des États-Unis, j'étais en quelque sorte un étranger au regard vierge. Mon copain Fabian me revoit, en CE1, raconter à l'encan que je viens de passer une année à Palo Alto : « J'écoute ton histoire peu commune avec un mélange d'excitation et de jalousie. Tu nous parles même en "américain". » De retour en France, j'ai expérimenté la dureté pédagogique, par contraste avec le climat de liberté et de gentillesse qui régnait à El Carmelo. Pour preuve, ces trois souvenirs qui datent précisément du CE1.

Les cours de musique sont dispensés par un vieil alcoolique puant, sans doute un enseignant de la Ville de Paris, comme c'était le cas aussi pour le sport et le dessin. À la suite de je ne sais quelle peccadille, il m'administre une fessée devant toute la classe – humiliation doublée d'une catastrophe puisque, au moment où il me cale rudement sur ses genoux, toutes mes billes tombent avec fracas sur le sol pour ne plus jamais reparaître.

Tout au long de l'année, la maîtresse se fâche contre une « vilaine ». Un jour, à bout de nerfs, elle la punit en l'expédiant sous son bureau. Souvenir de la fillette qui nous regarde avec de grands yeux écarquillés, comme une bête en cage.

La violence éclate aussi pendant les récréations. Une image : Miguel, frappé au visage par un garçon chef de bande, part au fond de la cour en pleurant et en boitant, le nez plein de morve. Pitié et mépris m'envahissent.

 Compulsant aujourd'hui mes cahiers de classe, je suis frappé par la fréquence des annotations négatives dans la marge : « Attention », « relis-toi », « manque de concentration ». Mon cahier de français de CM1, à la date du 24 septembre 1982, porte dans la marge ces remarques en rouge : « Très sale. À recopier » (j'ai corrigé en vert). Dictée du 3 mars 1983 : « Tu écris trop gros. » Le 7 mars : « Sale, -2 points. » Devant une de mes ratures : « Possèdes-tu une règle ? » En CM2, au mois d'avril 1984, mon cahier est plein de fautes d'orthographe soulignées ou barrées rageusement, de telle sorte que la feuille est couverte de traits rouges, avec des « mal dit », « insuffisant », « répétition », « fin à revoir », « attention à l'écriture », « attention a/à ». Pas un compliment, pas un encouragement, pas une remarque positive, à l'exception des notes (8, 8½ ou 9 sur 10) qui viennent laconiquement démentir ces critiques.

 Loin de moi l'idée de faire le procès d'une institution qui m'a nourri. Car les reproches, ces listes de tout-ce-qui-ne-va-pas, étaient la contrepartie d'un enseignement rigoureux et d'un apport de culture qui contrastent là encore – mais cette fois en faveur de la France – avec la sympathique vacuité de la *grade school* américaine. Si je dis que l'école a fait de moi un homme, ce n'est pas par hâblerie, c'est parce qu'elle a maçonné le mur porteur de ma masculinité.

La dureté de l'école française, je l'ai encaissée et j'ai fini par l'accepter, la faire mienne, pour la transformer en dureté de soi, exigence envers soi-même, capacité de travail, volonté que je libérais comme une hormone, une substance qui me transformait en animal à la fois résistant et véloce, croisement du percheron et du pur-sang que j'avais admirés en classe de nature au château de Bellevue. Ma morale consistait à aller au-devant de l'effort, comme un refus de la facilité. Lors de notre entretien-déjeuner au restaurant, ma mère m'a dit : « Tu étais très mignon, gentil, vif, pas du tout l'intello dans son coin. Tu avais un grand succès auprès des maîtresses. »

Mon attitude de bon élève, et même d'élève idéal, n'était rien d'autre qu'une obéissance à des femmes auxquelles j'étais attaché par un amour filial, ce qui paraît assez logique, étant donné l'imbrication des tâches éducatives et domestiques que les femmes doivent assumer – témoin l'école dite « maternelle », dédiée aux tout-petits depuis la fin du XIXe siècle. Mais pour les grands, c'est exactement la même chose : dès lors que les mamans s'occupent des enfants à la maison et que les enseignants sont majoritairement des enseignantes, toute école paraît « maternelle ». En outre, c'était ma mère, professeur de lettres, qui m'accueillait à l'heure du goûter, juste après que j'avais dit au revoir à ma maîtresse. Réciproquement, mes institutrices étaient de jeunes mamans : elles avaient parfois leur propre fils ou fille en classe, situation d'autant plus étrange à nos yeux qu'elle ne s'accompagnait d'aucun traitement de faveur, bien au contraire.

À l'occasion de ce livre, j'ai déjeuné avec mes maîtresses de CM1 et de CM2, aujourd'hui à la retraite, et qui sont amies depuis cette époque. Découvrir leur prénom, leur histoire, leur parcours professionnel n'a pas été le seul plaisir de cette rencontre. C'est tout un monde qui m'est revenu. Ma maîtresse de CM1 m'a raconté que Yann avait des résultats moins bons que sa sœur. Son père était venu une fois la voir ; il s'était montré mécontent et sévère à l'égard du fils dissipé. En classe, m'a-t-elle aussi raconté, elle avait l'habitude de placer un garçon et une fille côte à côte, non par parti pris de mixité, mais parce que cet attelage aux allures de punition les empêchait de bavarder ensemble. Autre recette de ma maîtresse : quand un enfant se faisait un bobo, elle lui faisait un « bisou magique » et les larmes s'arrêtaient de couler. J'en ai bénéficié, paraît-il.

Publié en 1913, le célèbre texte dans lequel Péguy rend hommage à ses instituteurs, ces « hussards noirs » de la République, beaux, sveltes, graves, sanglés dans leur uniforme, en pantalon, gilet et redingote, est une ode à la virilité de l'enseignement primaire. Moi, c'est auprès de ces femmes admirables, passionnées par leur métier, dévouées à la cause de l'Éducation nationale, que j'ai puisé ma force – force de travail en même temps que force virile. De cette mécanique scolaire bien rodée, je suis devenu non seulement le fin connaisseur, mais aussi le rouage, élève réfléchi, actif en classe, sage à peu près, espiègle juste ce qu'il faut, impeccablement éduqué à l'école des maîtresses-mamans ou des mamans-maîtresses.

9

Délivrer Cloé

Rousseau souhaitait qu'on entoure d'un « balustre d'or » le chemin, serré entre un mur et un ruisseau, où il a vu pour la première fois Mme de Warens en 1728, le jour des Rameaux. Pareillement, je voudrais que ma photo de classe de CE2 soit exposée dans une vitrine de la Bibliothèque nationale comme l'archive même du bonheur, la trace intacte des émotions que nous offre l'enfance. Car dans un coin de cette photo, au premier rang, deuxième en partant de la droite, figure Cloé, la première fille dont j'ai été amoureux.

Elle est assise entre Fabian, un autre de ses prétendants, et le fier Alexis qui a eu le cran, un jour, de corriger la maîtresse au sujet d'une erreur qu'elle avait commise sur François Ier. J'apparais moi aussi au premier rang, au milieu du banc, échangeant un regard complice avec une fille qui n'était rien pour moi. C'est une photo de la grande époque : dans cette classe, il y avait mon ami Yann, la timide Olga, la jolie Emmanuelle bien coiffée, Miguel le souffre-douleur, Fabienne un peu boulotte, Igor blond comme la paille, et encore Jean, David,

Carole, Alexandra et quelques autres dont le nom est resté gravé dans ma mémoire.

Regarder Cloé comme si j'étais encore dans sa classe, admirer son sourire radieux, ses yeux brun-fauve, son grain de beauté sur la pommette qui lui donnait un air de noblesse, ses cheveux blonds tressés en deux nattes réunies au-dessus de la tête, sa robe violette en coton, ses socquettes, ses sandales assorties à la robe, son attitude un peu relâchée, jambes nonchalamment étendues, écartées sans façon, alors que les filles sages se tiennent bien droit – tout cela provoque en moi un serrement quelque part dans la poitrine. J'ai 8 ans.

Cloé n'était ni « mignonne », ni « charmante » ; elle était belle, c'est-à-dire indépendante, forte, courageuse, déterminée. Elle n'avait peur de rien. Elle était drôle, elle savait faire rire et elle riait aussi. Elle était imbattable à la course et, comme les poursuites dans la cour ne s'arrêtaient jamais, elle était toujours un peu essoufflée, un peu débraillée, les joues rouges et les yeux étincelants d'avoir trop couru. Tout en manifestant, par sa coiffure compliquée et sa tenue coquette, une implacable volonté d'être belle, elle avait l'air de s'en moquer, et c'est ainsi qu'elle apparaît sur la photo de classe, belle à couper le souffle, à tout jamais. Cloé, c'était déjà le *girl power*.

L'embrasser, je n'y pensais pas. Lui parler, oui, mais pour lui dire quoi ? Je voulais simplement être avec elle, contre elle, assis sur un muret de la cour ou dans sa chambre, lui prendre la main peut-être, et toute la classe aurait été au courant, notre amour aurait été officiel. J'aurais aimé vivre avec elle un « Amour Éternel Sans Divorce », ces lettres AESD au milieu d'un cœur que nous tracions nerveusement dans nos cahiers ou sur la buée des vitres de l'autocar qui nous emmenait en sortie. Rester près d'elle, absorber la chaleur de son corps, sentir qu'elle était bien avec moi, qu'elle acceptait de partager le bienfait de sa présence, jusqu'à ce que notre espace commun rayonne de son énergie. Quand elle était à proximité, je ressentais le besoin d'être drôle et brillant, j'avais envie d'être remarquable pour seulement qu'elle me remarque. Cloé augmentait mon existence.

Bonheur éphémère, émotion inoubliable.

Je voudrais dire que mon cœur « battait la chamade » quand j'étais avec elle, mais cette expression galvaudée serait bien insuffisante pour exprimer ce que j'éprouvais. Quand j'étais auprès d'elle, attiré par son halo, ce n'est pas seulement que mon cœur battait plus fort ; c'est aussi que je courais plus vite, que j'étais plus instinctif dans mes gestes, plus éclatant dans mes facéties, plus inventif dans mes répliques. Je vivais plus fort, et c'était la cour de récréation elle-même qui était changée ; car en présence de Cloé, l'espace se courbait, s'infléchissait, l'air se tendait pour devenir plus étincelant et électrique.

En son absence, au contraire, je me sentais vide, bizarrement désœuvré, ou alors j'avais des accès nerveux qui ressemblaient à des crises de manque. Lorsque au prix d'un léger détour je passais dans sa rue perpendiculaire à la mienne et donnant sur la Petite Ceinture, j'embrassais des yeux l'immeuble où elle habitait, essayant de deviner où étaient sa chambre, son bureau, son lit, ses robes, ses objets familiers. Chez moi, sur le téléphone en bakélite du salon, je composais son numéro, m'arrêtant au dernier chiffre pour éviter la communication. Au bout de quelques secondes, la ligne sonnait occupé.

Qui aurait répondu, de toute façon ?

Pensait-elle à moi ?

Mon amour était d'une intensité et d'une pureté sans équivalent. Je n'étais qu'un enfant et je sais, maintenant que je suis un adulte, que j'aimais Cloé de tout mon cœur, de tout mon être, de toutes mes forces, d'un amour dont les grands ne sont pas capables, parce que pour eux tout commence en stratégie et se termine en sexe, alors que ce n'est pas cela qui m'intéressait chez Cloé. Ce que je voulais, c'était sa présence, son courage, sa rapidité à la course, la joie et la lumière qu'elle irradiait, le nimbe de sa blondeur, le velouté de sa peau – désir d'autant plus érotique qu'il n'avait rien de sexuel.

À la déli-délo, quand on était adversaire, on se cherchait des yeux et on se poursuivait dans une course effrénée ; on s'attrapait en se touchant à l'épaule, dans le dos, sur le bras, par un contact aussi délicieux que fugace. Quand on jouait dans la même équipe, il était préférable de s'éviter, au contraire, pour ne pas risquer d'être capturés ensemble. Mais parfois il arrivait que Cloé, victime des chasseurs toujours à l'affût, aille rejoindre nos compagnons dans la chaîne. Mon rêve était alors de la délivrer.

Il faut que j'aie le courage de reconnaître ce qui, dans mon amour pour Cloé, participe de la culture de masse, du conditionnement de genre ou de mon histoire familiale. Sa coiffure – deux nattes relevées et attachées au-dessus de la tête, à moins qu'elle n'ait laissé ses cheveux détachés, abandonnés au vent de sa course –, qui comptait tant dans mon amour pour elle, n'était pas sans rapport avec les macarons sophistiqués de la princesse Leia dans *La Guerre des étoiles* ; mais celle-ci, brune et froide comme la lune, ne m'a jamais attiré.

En rêvant de libérer Cloé, je recyclais le poncif de la « demoiselle en détresse », assumant la mission du chevalier qui habite tant de blockbusters, où la femme n'est qu'un trophée gagné par le héros à la fin. Seulement, je rêvais aussi d'être sauvé par Cloé : grâce à elle, je pourrais recouvrer ma liberté de mouvement à travers la cour. Oui, en libérant Cloé, je lui redonnais vie, comme le prince dépose un baiser sur les lèvres de la Belle au bois dormant. Mais elle, de son côté, était Circé rendant leur humanité aux compagnons d'Ulysse, ou bien l'audacieuse demoiselle dans *Amadis de Gaule* qui, après avoir apporté vin et provisions aux chevaliers traîtreusement séquestrés, leur révèle le mécanisme qui a fait pivoter le lit à l'intérieur du cachot ; après quoi ces derniers montent sur une colline en compagnie de leur libératrice pour voir le château des méchants en proie aux flammes. Par son naturel et sa joie de vivre,

Cloé me guérissait du mal qui m'oppressait. Elle me sauvait de moi-même.

Si mon amour pour Cloé a une portée mythologique, c'est encore pour une autre raison. Il inaugure une structure de ma vie, en l'occurrence de ma vie amoureuse : l'attirance pour les filles blondes aux yeux bleus ou noisette – désir qui prend son sens par opposition à la beauté de ma mère, brune et menue avec les cheveux frisés coupés court, mais aussi par contraste avec la représentation que j'ai de moi-même, un gringalet pas musclé, pas solide, grande nouille comme les *lokshen*.

Pour le dire en termes religieux, j'aime le « style goy ». Pour le formuler en termes historiques, je tombe amoureux de l'intégration, c'est-à-dire de filles aux cheveux aussi longs que leur histoire familiale, aussi enracinées que leur arbre généalogique, avec un grand-père notaire et des pommiers dans leur maison de campagne. Mon cœur me mène « du ghetto à l'Occident », à la rencontre des filles de bonne famille issues de la bourgeoisie catholique cultivée, dont le patronyme est facile à écrire et dont le prénom figure dans le calendrier. Le va-nu-pieds convoite les saintes. Cette fois, je n'obéis plus aux clichés hollywoodiens, mais aux clichés antisémites : « Ils nous volent nos femmes. » Ce n'est plus Lancelot du Lac, c'est Portnoy et son complexe.

Je n'ai été dans la classe de Cloé qu'en CE2. Nous n'avons pas été ensemble en CM1, ni a fortiori au château de Bellevue où j'aurais pu l'entrevoir en chemise de nuit, lors d'une razzia dans la chambre des filles, et l'entraîner dans une promenade romantique à travers le parc, à supposer que j'en aie eu le courage. Quand elle a déménagé, en CM2, j'ai eu mon premier chagrin d'amour.

Cette année-là, pour son anniversaire, elle m'a invité avec quelques autres garçons de l'école Antoine-Chantin qu'elle venait de quitter – elle nous quittait collectivement, nous qui étions tous amoureux d'elle. C'était dans sa nouvelle maison, à Montrouge. Une photo me montre en compagnie de Yann et de trois autres zozos excités qui menacent le photographe avec leur pistolet en plastique. Moi seul, sourire aux lèvres, j'ai placé le pistolet sur ma tempe.

Cette scène peut revêtir trois significations non exclusives :

– en présence de Cloé, il me fallait être comique et original afin de me distinguer des autres ;

– pour sortir du lot, une solution consistait à ne pas tirer bêtement au pistolet, mais à refuser la violence et, si besoin, à la retourner contre moi ;

– au moment où Cloé avait déjà quitté notre école, je lui révélais mon amour à travers un geste, et ma pantomime désespérée signifiait : je ne peux pas vivre sans toi, je préfère mourir plutôt que d'être séparé de toi.

Chantage inutile, car Cloé a disparu, et le ciel au-dessus de son immeuble n'a pas gardé la trace de mon étoile filante.

10

Goldorak ou la vulnérabilité des garçons

À 16 h 30, on sort de l'école. On rentre tous ensemble, le groupe se désagrégeant peu à peu à mesure que chacun arrive chez soi. De temps en temps, on envahit l'échoppe d'un minuscule buraliste qui vend, aux adultes, *Paris Match* et *France Soir* et, aux enfants, des sachets de Dragibus ronds comme des baies acidulées, des Malabar violemment parfumés à la fraise et des Carambar au caramel avec une blague au revers de leur papier jaune.

Ma mère m'accueille à la maison. C'est l'heure du goûter. Ensuite, je fais mes devoirs, je joue aux Playmobil avec mon frère dans notre chambre, ou je réponds au programme éducatif de ma mère :

> Je vous suggérais des livres. Parfois, je ne les avais même pas lus.
> J'évitais la littérature pour adolescents. Il ne fallait lire que du patrimoine, Hugo, Stendhal, Rabelais.
> On vous forçait à écouter de l'opéra.
> Tu as fait du violon deux ou trois séances. Pas longtemps, et on le regrette encore aujourd'hui. On t'a inscrit dans un club pour enfants « surdoués ». En fait, ils voulaient surtout de bonnes familles qui paient. Vous faisiez des activités du genre théâtre, poterie, cunéiforme. Tu devais avoir 10-11 ans.

Il y a une énigme que j'aimerais élucider : bien que j'aie assez peu regardé la télévision après l'école (et pour cause, ma mère était à la maison), j'ai un souvenir extraordinairement précis des dessins animés de mon enfance. Non seulement je connais par cœur les génériques, paroles et musique, mais je suis aussi capable de raconter l'intrigue et de décrire les personnages. D'où vient le pouvoir de ces dessins animés ?

Aux États-Unis, la télévision a très tôt ciblé les enfants, leur proposant dès la fin des années 1950 des feuilletons comme *Zorro* et *Les Aventures de Rintintin*, diffusés en France au cours de la décennie suivante, à peu près à la même époque que *Thierry la Fronde*, une production nationale datant de 1963. Âgé de 18 ans, Jim Henson crée en 1955 le show de marionnettes *Sam and Friends*, où apparaît pour la première fois la grenouille Kermit. Dans les années 1970, ses Muppets chantent et gesticulent dans *Rue Sésame*, qui abrite tout un monde d'amis loufoques : le duo de Bert et Ernie, le monstre affamé de cookies, le grand oiseau jaune ou encore Oscar the Grouch braillant depuis sa poubelle qu'il aime « tout ce qui est déchiré, pourri ou rouillé ». En 1974, la télévision française lance *L'Île aux enfants*, dont les « monstres gentils », en particulier Casimir, un dinosaure bipède orange, sont inspirés des créatures de la *Rue Sésame*. L'émission a duré jusqu'en 1982.

Moi, j'appartiens à la génération *Récré A2*. Cette émission-phare de la deuxième chaîne, créée en 1978 et présentée par Dorothée au milieu d'une bande de joyeux lurons, diffusait des séries, des dessins animés, quelques programmes musicaux. Tous les jours vers 17 h 30, *Récré A2* distrayait et faisait rêver des millions d'enfants.

Les industriels du divertissement prenaient alors le relais des maîtresses d'école. Comme mon cerveau, ma chambre était le réceptacle de la mondialisation culturelle, puisque mes jouets et bandes dessinées venaient d'Allemagne (Playmobil), du Danemark (Lego), d'Italie (albums Panini), de Belgique (Tintin) et, bien sûr, de la France dans sa version communiste (*Pif poche*, *Placid et Muzo*). Les dessins animés, eux, nous arrivaient du Japon, cette origine étant masquée par leur américanisation délibérée. *Tom Sawyer* (1980), œuvre du réalisateur Hiroshi Saitō produite par les studios Nippon Animation, se déroulait sur les rives du Mississippi, comme le roman éponyme de Mark Twain. Le générique entonnait ce refrain de guerre froide : « Tom Sawyer, c'est l'Amérique, le symbole de la liberté. [...] Il n'a peur de rien, c'est un Américain. » L'interpénétration des cultures japonaise et américaine se retrouve dans les deux dessins animés les plus emblématiques de *Récré A2*, diffusés tout au long des années 1980 : *Goldorak* et *Candy*.

Goldorak est un robot anthropomorphe géant. Son pilote, Actarus, travaille incognito comme garçon d'écurie dans le ranch du Bouleau blanc, où l'on s'affronte au rodéo et galope dans la prairie au son de l'harmonica. Aussitôt que l'Empire de Véga dépêche ses Golgoths, des monstres numérotés aux allures de serpent, d'hydre, de tortue ou de scarabée, pour raser nos villes et brûler nos forêts, le modeste palefrenier assume son destin de héros, installé dans le cockpit de Goldorak qu'il fait décoller à travers une chute d'eau. La fin de chaque épisode est marquée par le combat titanesque entre Goldorak et la horde des Golgoths. C'est le moment exaltant, le paroxysme du suspense et du plaisir, mais aussi l'explosion de la poésie qui habite tout le dessin animé. Car, protégé par sa carapace d'acier, le robot déploie la panoplie de ses pouvoirs, fulguro-poing, astéro-hache, planitronk, corno-fulgure, rétro-laser, autant de néologismes qui appartenaient au langage courant de la cour de récré.

À l'heure du goûter, *Goldorak* proposait aux garçons une sorte de stage viril : armes surpuissantes, corps-à-corps sans pitié, camarades rivaux à la parole rare et définitive dont les biceps, les cuisses, les pectoraux moulés dans une combinaison, les yeux inaccessibles à la peur étaient régulièrement mis en valeur par de gros plans flatteurs. Partout, des accessoires masculins : veston, ceinture, bottes, uniformes, bolides et chevaux qu'il faut maîtriser aussi fermement que sa colère. En dépit de son agrarisme cow-boy, la série partageait avec *Star Wars*, *Albator*, *Ulysse 31* et *Capitaine Flam* une fascination pour l'espace, les robots, les pisto-lasers, les sauveurs de l'humanité aux prises avec un sinistre empire galactique.

En fait, la masculinité d'Actarus est plus subtile qu'il n'y paraît. Si, quand il ne pilote pas Goldorak, il reste au ranch à remuer le foin avec sa fourche, seul dans son coin, taiseux, sombre, peu liant, c'est parce qu'il porte un lourd secret : sa planète a été anéantie. Les flash-backs montrent des scènes de carnage, monstres d'acier qui ravagent tout, foules en panique, femmes et enfants piétinés à terre, immeubles et ponts bombardés, rues éventrées, incendies partout. Comme le père adoptif d'Actarus le raconte avec pudeur, « ses parents ont eu une fin tragique ». Réfugié sur Terre, l'orphelin regarde la Lune ou la mer avec nostalgie : « Nous avions des plages comme celle-là, et aussi des poissons et des coquillages. »

Le parcours d'Actarus est typique des grands mythes : une naissance de travers, un exil douloureux, une vie de labeur anonyme, une mission à la hauteur de sa destinée, qui consiste à sauver l'humanité. Ce qui me touchait chez lui, ce n'était pas la puissance, ni la gloriole ; c'était la vulnérabilité, le sentiment de la perte et du deuil, la tristesse sans remède. Et c'est précisément la fragilité d'Actarus qui rendait si jubilatoire l'invincibilité de son robot-armure, protection contre les forces du chaos.

Popularisé dans les années 1970 par Nagai Gō, le père de Goldorak et de Mazinger Z, le genre *mecha* repose sur le principe du « garçon dans le robot ». L'humain pilotant un robot géant, le métal vient entourer, défendre, cuirasser la chair ; et le fait qu'Actarus commande Goldorak par la voix, de manière instantanée, parachève la symbiose entre l'homme et la machine. À l'évidence, le genre *mecha* répond à un fantasme adolescent : contrôler le monde tout en s'en protégeant, affirmer une identité en pleine mutation. Pour moi, il y avait autre chose encore : affronter, à l'âge de 8 ou 9 ans, la menace de la destruction totale. Guerre mondiale, bombardements, invasion, extermination : *Goldorak* me permettait de faire face à la mémoire traumatique du XXe siècle, qui était celle de ma famille.

GOLDORAK OU LA VULNÉRABILITÉ DES GARÇONS

Fasciné par Goldorak, le robot aux cornes d'or, et par le Faucon Millenium, le vaisseau des rebelles dans *Star Wars*, je rêvais de posséder moi aussi une coquille protectrice, forteresse pour enfant, petite chambre rien qu'à moi (fût-ce un « cagibi », avais-je crié à mon père), en supplément de la couchette en haut du camping-car que je retrouvais chaque été. Mais jusqu'à l'âge de 15 ans, j'ai dormi dans la même chambre que mon frère, dans un lit superposé, le long d'un mur sur lequel j'avais collé la photo de Buzz Aldrin en combinaison d'astronaute foulant le sol lunaire. J'étais un garçon sans armes. Pour lutter contre le chaos intérieur et extérieur, il me fallait acquérir d'autres superpouvoirs : apprendre, écrire, aimer.

11

« Un peu d'astuce, d'espièglerie »

Candy, le deuxième grand dessin animé de l'ère *Récré A2*, est adapté d'un manga *shōjo* destiné aux filles, contrairement au manga *shōnen* qui s'adresse aux garçons. Il raconte l'histoire d'une orpheline recueillie dans la maison de Mademoiselle Pony en Amérique du Nord, avant d'être adoptée par une riche famille et envoyée dans un *college* huppé de Londres. Sur sa route, entre la fin du XIXe siècle et la Première Guerre mondiale, elle croise plusieurs garçons : le « prince des collines » qui sèche ses larmes un jour de tristesse, le blond Anthony qui se tue dans un accident de cheval, le brun Terry rencontré sur un paquebot transatlantique. Pour le reste, ce sont des amitiés, des brouilles, des retrouvailles, des secrets, des rebondissements, comme dans les romans-fleuves du XVIIe siècle.

Quelques notes de clavecin, une débauche de pétales, une chevelure blonde retenue par des rubans, d'immenses yeux bleus où vacillent des lumières… En mettant l'accent sur la sentimentalité, le générique ne rendait pas complètement justice à Candy, qui n'est pas kitsch, mais au contraire hardie et exubérante. Son charme consiste à associer le glamour de la « fille coquette » aux mauvaises manières du « garçon manqué ». Impulsive, turbulente, brouillonne, débordante de vie, volontiers coquine, Candy détonne dans la maison Pony. Elle escalade un bonhomme de neige, arrête des garnements au lasso, se bat avec un garçon qui s'est moqué d'elle, résiste au courant d'une rivière, grimpe aux arbres, au grand dam de la religieuse en cornette. Lorsqu'un couple se présente pour l'adopter, elle se montre sous son plus mauvais jour afin que son amie Annie, désespérée à l'idée de rester seule, parte à sa place vivre avec « un vrai papa et une vraie maman ». Orpheline mais pas victime, meurtrie par les séparations mais toujours enjouée, Candy préfère le rire aux larmes – leçon d'optimisme qui lui permet de se frayer un chemin à travers les épreuves de la vie.

Avec *Récré A2*, le monde paraissait simple : d'un côté, *Goldorak* et ses combats pour sauver la planète ; de l'autre, *Candy*, univers de fillettes virevoltant dans leurs jolies robes. Es-tu plutôt viril ou adorable ? Traversée du cosmos ou petites jalousies de pensionnat ?

J'ai été impressionné, comme du papier argentique, par la puissance de ces récits. Pouvoir d'un divertissement calibré pour des millions d'enfants de par le monde : ces *Iliade* et ces *Odyssée* de l'ère industrielle, dessinées au kilomètre, étaient aussi caricaturales qu'inédites, bourrées de clichés et d'inventions géniales. Elles nous parlaient de la vie, de la mort, de l'amour, de la famille, de l'adversité, des dangers du monde, du courage qu'il faut pour les surmonter, et j'ai fini par m'identifier à ces personnages iconiques, apprenant à leur contact, tremblant au fil de leurs aventures, puisant mes aliments spirituels à leur universalité autant qu'au réservoir de leurs stéréotypes.

Ces dessins animés ont fixé mon identité générationnelle, comme si chaque loisir, chaque technologie découpait dans le temps un morceau d'étoffe humaine – génération *Salut les copains* dans les années 1960, génération Casimir dans les années 1970, génération *Récré A2* dans les années 1980, génération grunge dans les années 1990, génération Pokémon dans les années 2000 – que l'obsolescence finirait par envoyer au rebut comme de vulgaires *shmatès*. La génération « d'avant », celle des parents, n'était qu'un haillon mité : ils ne comprenaient rien à nos passions, trouvaient nos idoles niaises ou stupides. En 1981, une psychologue publiait une étude crépusculaire, *À cinq ans, seul avec Goldorak*, et moi, aujourd'hui, je suis désespéré quand je vois ma fille passer trois heures par jour sur Snapchat.

Mais qui nous éduque ? Comme l'écrit l'historien Lawrence Cremin, « l'éducation procède généralement de plusieurs individus et institutions – parents, pairs, frères et sœurs, amis, mais aussi familles, églises, bibliothèques, musées, colonies de vacances, écoles et universités ». Loin de nous maintenir dans un infantilisme à la Peter Pan, *Récré A2* nous offrait une sorte d'activité extrascolaire, et sa pédagogie de masse a engendré une culture collective qui demeure quarante ans plus tard. Lieux de mémoire de l'enfance, les dessins animés nous réunissaient après l'école, comme un catéchisme laïc. Ils offraient un nuancier d'émotions et de sentiments, une galerie de modèles, et chacun de leurs épisodes était une bourse aux mots autant qu'une école de genre.

Il se trouve que je préférais les « trucs de filles ». Bien sûr, j'étais un peu amoureux de Candy et, plus tard, de Zia dans *Les Mystérieuses Cités d'or*, comme certaines en pinçaient pour Actarus dont le caractère tourmenté avait tout pour éveiller le syndrome de l'infirmière. Je m'intéressais aux malheurs des autres, aux histoires d'amour, je me nourrissais de celle que je vivais unilatéralement avec Cloé, et cet amour de l'amour transgressait la « culture des sentiments » par laquelle les filles intériorisent la romance tandis que les garçons la mettent à l'écart, fortement surveillés par leurs pairs. Au demeurant, comme le montre le sociologue Kevin Diter, dans les familles des classes supérieures, le développement émotionnel de l'enfant est considéré comme l'un des buts de la pédagogie et le travail d'éducation sentimentale est assuré par les deux parents, le père s'investissant ici autant que la mère. C'était le cas chez moi.

Mais surtout, j'aurais voulu *être Candy*, avoir sa pureté, sa force d'âme, sa confiance dans la vie, faire contre mauvaise fortune bon cœur, aller de l'avant, résister avec « un peu d'astuce, d'espièglerie » – et sa légèreté me servait de modèle pour affronter toutes les épreuves dont je me croyais entouré. Sensibilité, candeur, bienveillance, partage, tel devenait mon idéal psychologique, fibres d'une masculinité tendre qui me convenait davantage que la violence de surhommes et de monstres s'agressant avec fracas dans un grand contraste de couleurs. Pour moi, les dessins animés et les séries ne fonctionnaient pas comme un conditionnement, mais comme une antistructure de genre.

J'en veux pour preuve l'émotion que je ressentais devant *Mes mains ont la parole*. Dans cette rubrique de *Récré A2*, premier programme diffusé en France à l'intention des enfants malentendants, une jeune femme interprétait un conte en langue des signes. Incroyablement belle, vêtue d'un kimono rose pâle un peu vaporeux qui découvrait ses bras, maquillée d'un fard à paupières bleuté, un nœud dans ses longs cheveux soyeux, et agenouillée sur une sorte de tatami, elle souhaitait la bienvenue aux enfants en remuant les mains, paumes ouvertes, après quoi commençait la chorégraphie de ses gestes, explicitée par une voix off : « Regardez mes mains, elles vont vous raconter l'histoire de... »

Les contes étaient assez courts, mais ils semblaient durer longtemps, car elle les racontait en prenant son temps, sans se hâter. Si ses mains se recourbaient en griffes, l'histoire parlait d'un ours ; si elles ondulaient, il y avait un poisson ; si l'index tapotait le pouce, c'était une poule avec son bec ; une caresse sur l'avant-bras, et l'on sentait le duvet d'un bébé animal. L'expressivité de la jeune femme était merveilleuse. Elle ouvrait grand les yeux et la bouche lorsqu'un des protagonistes était surpris. Fronçant les sourcils, elle esquissait une charmante grimace qui disait la contrariété. Elle soupirait de fatigue, souriait de bonheur, frottait son ventre en signe de satiété, penchait sa tête sur l'épaule pour imiter deux amis complices. À la fin du conte, elle disait au revoir en nous envoyant des baisers depuis sa bouche pulpeuse.

Je ne sais pas si elle incarnait pour moi une jeune maman, une grande sœur protectrice ou une amoureuse à laquelle rêver. Elle était l'envoyée d'un monde féminin dont j'étais doublement exclu, comme garçon sans handicap. Mais précisément, je me sentais appelé par elle, aimé d'elle, parce qu'elle accueillait tous les statuts minoritaires : un garçon à la sensibilité de fille, un enfant juif dans une société chrétienne.

Les contes se sont effacés, mais mon cœur se dilate quand je la revois sur YouTube, si douce et si belle, et je pense à elle chaque fois que j'écoute le concerto pour piano n° 21 de Mozart, sur lequel s'ouvrait sa rubrique. *Mes mains ont la parole* transmettait l'idéal d'un amour très fort, très tendre, qui s'exprime sans obstacle par de simples gestes, des sourires et des baisers volants, un amour aussi pur que celui que j'éprouvais pour Cloé, et c'est cette pureté que conservent intacte, comme une gangue aux parois d'une mine trop tôt abandonnée, les génériques de mon enfance.

« UN PEU D'ASTUCE, D'ESPIÈGLERIE »

Voici venu le temps des rires et des chants

Accours vers nous, prince de l'espace

Enfant du soleil, tu parcours la terre, le ciel

Il y a aussi, tu vois, ta douce amie Joanne

On s'amuse, on pleure, on rit, il y a des méchants et des gentils

   C'était hier. Leur puissance d'évocation est si forte que j'en suis invariablement ému lorsque je les entends, comme s'il était 17 h 30 pour toujours et que le pain et le chocolat m'attendaient sur la table de la cuisine.
   Nos mythes ont été conçus loin des maisons que nous habitions. Leurs intrigues, leur naïveté, leurs poncifs ont infusé dans mes années et, maintenant, ces refrains me font monter les larmes aux yeux. Pardon si mon enfance vous paraît mièvre ; je n'en ai pas d'autre.

12

Vive la vive !

Quand je parle du XIXe siècle à mes étudiants, je me sens obligé de le découper en tranches : une succession de régimes – empire, monarchie, république – entrecoupés par des révolutions et des défaites. J'ai, ils ont, nous avons l'impression que l'histoire avance. Mais on pourrait, au contraire, mettre en évidence l'immobilité de ce siècle qui rabaisse les femmes par le biais du code civil de 1804, de l'interdiction du divorce en 1816 et du vote exclusivement masculin après 1848. Au sein de la bourgeoisie comme dans les milieux ouvriers, chez les catholiques comme chez les anarchistes, la fonction-femme à laquelle sont cantonnées les épouses et les domestiques réserve aux hommes l'exercice de la liberté politique, économique, intellectuelle et sexuelle.

Les rôles sont distribués dès l'enfance. L'éducation-fille, composée des arts ménagers et d'agrément dans le meilleur des cas, est censée embellir l'esprit des femmes sans concurrencer les hommes dans leurs monopoles. Destinés à devenir des acteurs sociaux en tant que citoyens ou élus, industriels ou penseurs, ouvriers ou soldats, les garçons sont eux aussi soumis à un conditionnement de genre : l'enseignement du masculin. Je sais gré à Alain Corbin de m'avoir donné l'occasion d'étudier, dans un volume collectif publié il y a quelques années, les manuels de savoir-vivre et autres comptines qui entraînent les garçons dans un « voyage vers la virilité ». En leur offrant tambours et sabres de bois, en les initiant aux sciences et aux techniques, en leur administrant au besoin le fouet, la société programme ses petits mâles.

On insiste à juste titre sur le travail des institutions – famille, école, Église, caserne –, mais on oublie souvent de prendre en compte les *itinéraires de genre*, peut-être parce qu'on croit que les romans du XIXe siècle y suppléent avec les mésaventures de David Copperfield, Oliver Twist, Tom Sawyer, Gavroche, Gwynplaine, Rémi, le Petit Chose, Poil de Carotte ou Jacques Vingtras. Or les normes produites par les institutions ne s'impriment pas mécaniquement sur ceux auxquels on les destine. Au cours de leur enfance et de leur adolescence, en grandissant, les garçons absorbent plus ou moins le masculin, comme l'eau au cœur de la roche se charge de certaines particules qui vont lui conférer sa salinité ou son effervescence particulières. Cette traversée, au cours de laquelle une culture sexuée s'instille dans un corps, un langage, des attitudes, des dispositions, des attentes, des schémas de pensée, mérite une analyse fine capable de conjuguer l'individuel, le social et l'historique, tout en respectant la liberté des individus. Pour pallier la rareté de ces études, j'ai choisi d'étudier le parcours d'un garçon que je connais bien.

Question primordiale : l'expression du masculin dans ma famille.

Si un sociologue, enquêtant chez nous, au deuxième étage de notre immeuble haussmannien du XIVe arrondissement de Paris, avait observé notre vie quotidienne, il en aurait conclu qu'elle était organisée selon un schéma globalement patriarcal. Papa est ingénieur ; maman est enseignante. Papa rapporte la majorité de l'argent ; maman travaille à mi-temps, fait la cuisine et s'occupe des enfants. Papa parle davantage que maman. Parfois, il nous encourage à nous moquer d'elle, prétendant que ses histoires d'enfance ne sont « pas intéressantes ». En ce sens, la parole était aussi mal répartie que les responsabilités salariales et les tâches ménagères.

Cette situation a déterminé une éducation familiale en même temps qu'un équilibre de couple – plus exactement, un déséquilibre de couple. Il me paraissait normal que ma mère soit à la maison à 16 h 30 et que mon père rentre vers 19 h 30 lorsque le dîner était prêt. On ne m'a jamais demandé d'aider et, de fait, je n'ai jamais aidé – ni à faire mon lit, ni à mettre la table, ni à débarrasser, ni à faire les courses. La seule chose qu'on me demandait, c'était de bien travailler à l'école. Ainsi, je suis devenu un petit mâle habitué à être servi – par sa maman ou par la femme de ménage, qui était aussi la concierge de l'immeuble.

Mais le fonctionnement de ma famille est plus complexe. Il ne correspond pas vraiment à la situation d'hypogamie dans laquelle un homme se marie « en dessous » de sa condition (un cadre supérieur avec une institutrice, un industriel avec sa secrétaire) parce que ma mère était fille de petits artisans-commerçants, marchands de meubles dans le faubourg Saint-Antoine, alors que mon père avait démarré dans la vie sans aucun bagage, aucun héritage quel qu'il fût. En outre, agrégée de lettres et professeure de lycée, épanouie dans son métier à une époque où seule la moitié des femmes travaillaient, ma mère n'avait rien d'une épouse soumise.

Si elle était une maman douce, principale pourvoyeuse des « bisous magiques », capable de câliner en même temps ses deux garçons couchés en haut et en bas de leurs lits superposés, elle savait être ferme et même autoritaire, surtout en ce qui concernait les résultats scolaires. Mon père, lui, a toujours été un père présent, accessible, drôle et tendre. Il a changé nos couches, joué avec nous à tout âge, assisté aux réunions parents-professeurs et, à l'époque du lycée, il a pallié ma médiocrité en maths et en physique. Comme ma mère était assez stricte, on pourrait dire qu'elle incarnait une forme de rigueur paternelle, tandis que mon père, en dépit de ses colères qui le faisaient entrer en éruption plusieurs fois par an, nous apportait aussi des éléments de tendresse maternelle.

Hautement libéral, largement tolérant et même un peu laxiste aux dires de ma mère et de certains de leurs amis, mon père ne nous a jamais prêché aucune morale. Imprégné de l'anarchisme de son tuteur Constant, revendiquant son anticonformisme jusqu'à en faire un conformisme, il professait la théorie de l'irrespect : un enfant peut, un enfant doit se moquer de son père et, en aucun cas, il n'est supposé lui manifester une déférence apeurée. Je mesure l'originalité du mien quand je le compare aux tyrans au petit pied, le père de Chateaubriand à la fin de l'Ancien Régime ou celui d'Arnold Schwarzenegger dans l'Autriche encore nazie des années 1950. La « puissance paternelle », modalité du pouvoir royal au XVIIIe siècle, pierre angulaire du code civil au XIXe siècle, n'a été abolie en France qu'en 1970, et c'est tout un symbole pour moi, qui suis né trois ans plus tard.

Aux yeux de mon père, les enfants étaient supérieurs aux adultes. Les parents n'existaient pas pour protéger ou éduquer leurs enfants, mais pour les rendre heureux. Notre bonheur était sa raison d'être. Face à notre joie, plus rien ne comptait, aucun argument n'était recevable. Mon père jouait et chahutait avec nous parce qu'il aimait retourner en enfance. Il aurait pu me dire, comme le père de Rousseau après des nuits passées à lire des romans : « Je suis plus enfant que toi. » Mais contrairement à ce dernier, mon père n'en concevait aucune honte ; il en était fier. Et ma mère de soupirer devant le spectacle de ces trois garçons qui jouaient par terre aux Playmobil au lieu de venir dîner.

Mon copain Antoine, que j'ai interrogé pour ce livre, venait parfois dormir à la maison à l'époque du collège : « Je me souviens de la bonhomie de ton père, de son côté gros ours rieur, de ses blagues potaches dont tu te moques, de sa gentillesse, de vos jeux, des taquineries, de la bonne humeur qui règne chez toi, de cette ambiance riante. » Jean, le beau gosse de la classe, le dit autrement :

> Chez toi, il n'y a pas de règles aussi précises que chez moi (on peut dîner tard, se laver tard ou pas du tout). Il y a des rires, des discussions et des débats sérieux à table avec tes parents, sur l'histoire, la vie, l'économie, la politique même. J'ai le souvenir de tes parents vous encourageant à exprimer vos opinions, à argumenter, à ne pas être d'accord, mais avec respect, écoute de l'autre et acceptation de son opinion.

Ce refus de la hiérarchie familiale, cette atmosphère d'égalité et de camaraderie expliquent que mon père n'ait jamais présidé à ces rituels d'initiation qui sont les grands classiques de l'éducation virile : apprendre à pisser debout, aller à la pêche, tirer au fusil, réparer un moteur, siéger côte à côte à la synagogue, reconnaître le bon vin – la seule exception étant la conduite accompagnée, faite à ses côtés à l'âge de 17 ans. Aucune cérémonie pour m'agréger à la communauté mâle.

Grâce à cette fantaisie paternelle, j'ai très tôt senti le ridicule de ceux qui adhèrent à un rôle, les pères-la-morale, les pères-je-sais-tout, les pères-pontifes, les pères-commandeurs, les pères-dictateurs, les pères-garde-chiourme, les pères-porte-de-prison et, avec eux, toutes les figures de l'autorité patriarcale, ministres, préfets, généraux, évêques, mandarins, dont la componction me donne envie de leur rire au nez. Comme je me délecte des gens imbus d'eux-mêmes parce qu'ils me semblent grotesques, j'adore les airs d'opéra où des fats se rengorgent, *A un dottor della mia sorte* de Bartolo chez Rossini, ou *À cheval sur la discipline* du général Boum chez Offenbach.

Dans ma famille, les identités de genre étaient aussi brouillées parce que mon père incarnait une figure de vulnérabilité masculine. Il n'avait plus ses parents, j'étais le fils d'une victime. Les hommes pouvaient souffrir. Ils étaient faillibles, conscients de leur fragilité, voire de leur faiblesse. De même que ma mère a été une bonne mère, mon père a été un bon père ; mais la litanie qu'il m'a longtemps serinée, « j'ai été un mauvais père », a déclenché ma propre réflexion sur ce qu'est un bon père, un bon conjoint, un homme juste. Mon père n'a jamais joué la comédie du *pater familias*, mais il régnait autrement, par son charisme, sa drôlerie, son argot, son histoire, le questionnement sans fin qui le roulait de-ci, de-là, pareil à une chaloupe.

Néanmoins, sur un point précis – l'obligation de tenir bon –, mon père m'a inculqué la masculinité la plus traditionnelle, faite de stoïcisme et de résistance, que résument ses innombrables injonctions : « t'as pas mal », « t'es pas une lavette », « t'es pas en sucre » ou encore, dans le domaine scolaire et professionnel, à chacun de mes succès, « c'est rien du tout », « j'ai plusieurs critiques à te faire », ce qui ne signifiait pas « tu ne vaux rien » (mon père ne l'a jamais pensé), mais « sois encore meilleur », formule qui illustre assez bien la masculinité de compétition qui m'a été enseignée. Ses colères extrêmes, souvent à propos de broutilles, se résolvaient en gifles qu'il désignait avec l'argot des années 1950, « taloches », « roustes », « torgnoles », « mandales », « beignes ». Administrées à toute volée, elles étaient moins douloureuses qu'humiliantes.

Mon père n'était pas un homme dur ; c'est l'histoire qui avait été dure avec lui. Il n'avait pas eu sa maman pour le consoler, pour le cajoler, pour prendre soin de ses petits bobos. Il n'avait eu que les moniteurs communistes des maisons d'enfants où il avait grandi après la guerre. Quand il était petit, « papa-maman » n'était même pas une question : ces mots n'avaient aucun sens. Son tuteur, Constant, coupeur de cuir depuis l'âge de 12 ans, avait l'habitude de rudoyer les chochottes, filles ou garçons, enfants de déportés ou pas. « Marche ou crève », disait sa morale d'artisan et de militant. L'orphelin dont j'étais le fils ne s'est jamais apitoyé sur son sort. Dans ses anecdotes hilarantes sur les foyers des années 1950, j'entendais ces mots jamais prononcés : « Je ne me plains pas, ne te plains pas. »

Il est vrai que je ne me suis jamais rebellé. Comme tous les aînés, ces enfants du devoir qui ont la loi dans le sang, je portais la charge de l'exigence parentale et de la mémoire familiale. L'excellence remboursait ma dette. On m'a mis, je me suis mis dans la position du zénith, qui se caractérise par la verticalité, la quête de perfection, une droiture physique autant que morale. Personne n'était satisfait de moi ; il n'y avait aucune raison que je le fusse. Pas de répit. D'où ce mélange d'ambition et de pessimisme qui me caractérise, insatiable des défis que je m'inflige au nom des autres.

Trois souvenirs d'enfance, vers 11 ou 12 ans.

Nous skions à Val d'Isère par -20 degrés, dans une tempête de neige. Mon père m'entraîne joyeusement sur les pistes, refusant qu'on s'arrête dans un restaurant d'altitude, alors que frigorifié je commence à avoir les pommettes blanches. La neige reste collée à mes joues, je ne sens plus mon visage. Un ami pédiatre, croisé en chemin, houspille mon père : « Cet enfant est en train de geler ! »

Un été, nous faisons une randonnée dans les gorges du Verdon, un magnifique canyon des Préalpes. Mon père n'a pas pris assez d'eau. On est obligé d'en quémander à des promeneurs qui arrivent en sens inverse. Je termine la randonnée à demi mort de soif, mais fier de notre exploit. Le Perrier que je bois, attablé à la terrasse d'un café, reste le meilleur de ma vie.

Lors d'une baignade dans l'Atlantique, près d'Arcachon, je ressens tout à coup une intense douleur au pied. Je sors de l'eau en pleurant. Mon père m'engueule, m'accusant de faire du cinéma. Je m'assois sur le sable, on examine ma voûte plantaire : deux points rouges au milieu d'un petit cercle blanc. Comme je continue à avoir très mal, mon père m'emmène en grommelant au poste de CRS. Après avoir diagnostiqué une piqûre de vive – un poisson doté d'une crête dorsale venimeuse –, le maître nageur félicite mon père : « Il est courageux, votre garçon. D'habitude, les enfants pleurent beaucoup plus. »

Trente-cinq ans plus tard, lors d'un séjour en Corée du Sud pour la promotion de *Laëtitia*, j'ai dégusté une vive grillée dans un restaurant de Séoul, en face de l'ambassade de France, et j'ai souri en repensant à cette histoire. Il faut croire que les erreurs de nos parents ont quelque chose de providentiel.

13

Petites violences

Un anthropologue américain, Donald Brown, a dressé une liste des universaux où figure cette constante : dans toutes les sociétés, les hommes sont plus agressifs que les femmes et s'adonnent davantage à la violence en groupe.

En ce qui concerne l'enfance, depuis que je suis père, il m'est arrivé d'observer que les garçons étaient plus « excités » que les filles, avec courses-poursuites, attaques, jets de bâton, duels au pistolet ou au sabre laser. Cet état de fait a sans doute des fondements à la fois biologiques et sociaux. D'un côté, les jeux de combat existent aussi chez les jeunes mâles chimpanzés et orangs-outans. De l'autre, on peut faire l'hypothèse que l'apprentissage du masculin suppose une certaine forme de violence, fût-elle simulée. En plus des compétences physiques et cognitives qu'ils développent, ces jeux non verbaux entre pairs permettent une *reconnaissance de genre*.

C'est le même phénomène avec les affrontements d'emblée inégaux. Mon père et moi avons pris beaucoup de plaisir à jouer « à la bagarre ». Il me faisait de fausses morsures et me découpait les membres comme à un poulet. Je vois au moins deux mérites à ces activités : un contact physique avec le parent qui n'a pas porté l'enfant et le sentiment rassurant de se mesurer à plus fort que soi. J'aimais donc la bagarre avec mon père, mais je n'ai pas le souvenir d'avoir été particulièrement belliqueux. Pour en avoir le cœur net, j'ai interrogé mon frère, mon cadet de trois ans.

C'était un blondinet mignon et spirituel. « Il est très drôle », s'exclamait régulièrement notre mère. Si nous avons été complices enfants, plus tard, à l'adolescence, je ne l'ai initié à rien : pas de conseils sur les filles, pas de cigarettes en douce, pas de magazines porno.

Témoignage de mon frère

J'ai de vagues souvenirs de petites agressions, d'éphémères jeux de domination. Par exemple, je jouais tranquillement, tu passais à côté de moi et tu me donnais un coup sur le haut du crâne avec ton poing, une phalange pliée en avant.

Le début de *Thriller* de Michael Jackson me faisait peur à cause du grincement de portes, du rire sépulcral. Tu l'écoutais le soir, après l'extinction des feux, quand on était chacun dans son lit. Je ne me souviens plus si tu l'écoutais exprès, sachant que j'en avais peur, ou si tu ne le savais pas, parce que je t'avais caché cette faiblesse secrète.

    Tu étais aussi celui qui essuyait le plus fort des colères paternelles. Je me souviens de plusieurs engueulades. Une fois, lors d'une dispute sur ton travail scolaire, il t'a menacé de « finir comme M. », le fils d'un copain qui était selon lui un raté, car barman ou quelque chose de ce genre. Une autre fois – souvenir très marquant –, vous vous disputez à propos d'une histoire d'argent. Il y a un débat autour d'un carnet où papa note l'argent de poche qu'il nous alloue. Tu lui dis : « Désormais, tu vas signer ! » Il a très mal pris ce manque de confiance et je l'ai vu te donner une énorme baffe. Dans mon souvenir, sans doute exagéré, je te vois tournoyer plusieurs fois avant de percuter la porte d'entrée.

14

Joysticks et ballons

Notre mère ne prisait que les livres, mais notre père était très libéral en matière de divertissements. Du moment qu'une activité nous rendait heureux, il l'autorisait et même l'encourageait. C'était pratique.

Nous avons donc pu jouer sans restriction aux jeux vidéo, les premiers de l'histoire, conçus à l'origine pour les salles d'arcade, puis adaptés au marché familial grâce aux consoles et ordinateurs. Ces aventures par procuration nous absorbaient physiquement et psychologiquement. Pendant que l'œil était rivé à l'écran, la main manœuvrait le joystick, littéralement le « bâton de joie », métaphore phallique d'autant plus frappante que l'objet contribue au plaisir vidéo-ludique de garçons adolescents et préadolescents.

Space Invaders consistait à affronter des extra-terrestres déferlant par vagues. Dans *Pac-Man*, un bonhomme-tête enfermé dans un labyrinthe devait gober des points lumineux en évitant d'être rattrapé par les fantômes qui y circulaient. Mon jeu préféré était *Boulder Dash*, sorti en 1984. Il fallait creuser une galerie pour récolter des diamants, en lâchant des blocs de pierre sur des créatures dont la mort par explosion détruisait des pans de mur, ce qui permettait de continuer la prospection.

Des récompenses symboliques (score élevé, accumulation de richesses, sauvetage de la Terre) associées à un bruitage lancinant (tirs et explosions, pluie de diamants, déglutition de points, ululement à chaque changement de niveau) rendaient ces jeux terriblement addictifs. Ils activaient toutes les parties de mon cerveau en même temps, le transformant en une espèce de boule à facettes, et absorbaient 100 % de mon attention, surtout lorsque j'étais en train de « battre mon record ».

Je pouvais y passer des heures, alors que j'ai toujours été rebuté par le Rubik's Cube, vendu à des dizaines de millions d'exemplaires au début des années 1980. Les garçons qui y jouaient étaient, bien plus que moi, les ancêtres des *geeks* : agglutinés à deux ou trois dans la cour de récré ou dans la chambre de l'un d'entre eux, ils rivalisaient de vitesse, de dextérité, de maestria pour faire tourner les plans et les arêtes – quart de tour, demi-tour, observation rapide, nouveau quart de tour – et résoudre le casse-tête le plus vite possible. Moi, je ne savais compléter qu'une seule face, et laborieusement. Ma phobie du Rubik's Cube était l'envers de mon obsession pour *Boulder Dash*. Parce que j'étais un explorateur condamné à fouiller les entrailles de la Terre et que certaines créatures à l'allure de papillons, écrasées par une pierre, avaient la capacité de se transformer en diamants, ce jeu stimulait davantage mon imaginaire que le Rubik's Cube avec ses cinquante-quatre pastilles uniformes.

Un jour que je m'efforçais d'expliquer à mon père les règles du *Donkey Kong*, mon jeu électronique repliable, voyant qu'il ne comprenait rien ou ne voulait pas comprendre, je lui ai lancé, furieux : « T'es con ! » C'est la seule fois de ma vie, je crois, où j'ai insulté mon père. Comme mon injure avait indirectement trait à un jeu qui me donnait beaucoup de plaisir, elle lui en a donné aussi, et il est reparti tout content.

Ces jeux au graphisme préhistorique ont aujourd'hui leur place au musée, mais ils ont inauguré une ère qui n'est pas près de s'achever. Tout était déjà là : le joystick comme une main cyborg, l'acquisition de réflexes aussi efficaces qu'inutiles, la nécessité d'éliminer ses adversaires (« *shoot 'em up* », c'est-à-dire « tuez-les tous »), l'apparente contradiction entre l'univers personnel et l'addiction de masse. Quoique violent, ce monde m'était bénéfique : il m'aménageait une bulle, un espace privé. Surtout, il m'offrait ce cadeau sans prix : avoir plusieurs vies. À *Space Invaders*, à *Boulder Dash*, dans tous les jeux vidéo du monde, quand on meurt, eh bien ! on recommence.

Mon frère aussi était un passionné. Ce face-à-face avec la machine ne s'est jamais traduit pour nous en enfermement, en abêtissement. Au contraire, nous poursuivions les joutes, combats et courses-poursuites dans la « vraie vie », à travers la création de bandes dessinées mettant en scène des héros infatigables et des monstres sardoniques, le tout avec force déflagrations, éboulis, cascades, trésors et contrepoisons. Pépin, tel était le nom de notre héros. Visage sans corps, tête pourvue d'un sourire et d'une étonnante célérité, il ressemblait à Pac-Man comme un jumeau.

Jouer et rejouer sans fin, c'est aussi ce que le football permet. J'ai pratiqué ce sport au stade avec mon père, dans la cour du collège et au sein de diverses équipes, des *Red Devils* de Palo Alto aux poussins de mon club de quartier à Paris. Sans archives sur le sujet, j'en suis réduit à supposer que c'était le Club d'Alésia, moins coté que le Club athlétique du XIVe arrondissement, abrégé CA14, la terreur des tournois. Je possédais tout l'attirail : chaussures noires fuselées à crampons, protège-tibias, longues chaussettes blanches avec un liseré bleu ou rouge, ballon en cuir gonflé à bloc. J'ai assidûment collectionné les vignettes des albums Panini du Mondial 1982 et de l'Euro 1984. L'Allemagne, qui s'appelait à l'époque la RFA, était l'ennemie jurée de la France. Mes parents m'ont envoyé, une semaine de juin, faire un stage chez l'ancien défenseur Bernard Bosquier ; sur la photo-souvenir, je pose en maillot, un genou dans l'herbe, encadré par deux entraîneurs moustachus.

Le foot est la grande passion de mon enfance, comme d'autres garçons, en d'autres siècles, se sont enthousiasmés pour la fauconnerie, la chasse, la boxe ou le cyclisme. Habile et rapide, j'aimais courir, dribbler, conduire le ballon du bout du pied, foncer vers les buts adverses, tirer les pénaltys, me dépasser, ressentir la solidarité, communier dans la victoire. Au collège, je figurais parmi ceux qui étaient appelés en premier lors de la constitution des équipes, quand deux « capitaines » appelaient les joueurs chacun à son tour. Cela m'aurait plu de me distinguer par une action d'éclat, mais ce genre d'attitude, qui s'appelait « jouer perso » et qui consistait à essayer de garder le ballon le plus longtemps possible pour marquer seul, au risque de le perdre, dans un style flamboyant à la Maradona, était mal vu. À 46 ans passés, il m'arrive encore de rêver que je marque un but ; la joie me réveille.

J'ai fini par raccrocher les crampons. Dans mon club, le foot devenait une affaire trop sérieuse. Pas une seule fille – elles devaient être à leur cours de danse. Les gars, très investis, visaient autant le ballon que les tibias de l'adversaire, pour le déséquilibrer ou même lui faire mal : ils jouaient « physique ». Moi qui étais resté un poussin dans le style, sinon dans l'âme, j'étais à la merci de ces petits coqs qui considéraient le match comme une démonstration de force, et la pelouse comme un théâtre viril.

Un souvenir qui date du milieu des années 1980. C'est un mercredi, dans mon club. Je suis sur la touche, à côté de deux entraîneurs qui évaluent du regard le potentiel de leurs élèves. L'un fait remarquer à l'autre avec admiration, en désignant un petit teigneux qui vient d'éliminer deux ou trois défenseurs : « Regarde, il joue les poings serrés. »

J'ai arrêté le foot. Insuffisance musculaire, défaut d'agressivité, introspection à l'adolescence – et ce n'était que le début. J'ai aussi arrêté *Boulder Dash*. Entre-temps, les dessins animés, les jeux vidéo et les albums de foot, toutes ces facettes de la consommation-garçon, m'avaient familiarisé avec les lois de mon genre.

15

Le grand lycée parisien

Il y a même eu un article sur nous. *Le Figaro* faisait l'éloge des « germanistes en herbe de Buffon » qu'on disait extrêmement motivés, encouragés par leurs parents, capables de « faire face à toutes les situations » en allemand. En septembre 1984, j'ai fait ma rentrée dans cette section prétendument bilingue, censée réunir les meilleurs élèves et qui, pour cette raison, avait été nommée en toute simplicité la 6e 1. On restait entre nous de la sixième à la troisième.

La 6e 1 résume à elle seule l'histoire de l'élitisme à la française : sélection précoce, conception de la scolarité comme une course que l'on doit gagner, stimulation intellectuelle associée à une culture du classement, reconduction des privilèges en vase clos, condescendance pour les perdants de la « méritocratie ». Non contentes de choisir l'allemand première langue par pure stratégie, les familles de la bourgeoisie du XVe arrondissement avaient opté pour une classe à part où l'allemand était « renforcé » (deux heures supplémentaires dans notre emploi du temps), code qui signifiait : « Ici, votre progéniture sera choyée par le système. » Nous grandissions dans la meilleure classe, mais surtout dans la classe des meilleurs, incubateur avant la filière du bac scientifique et, visée ultime, la classe préparatoire. Tel a été mon parcours.

Le lycée Buffon, comme tant d'autres, avait centrifugé la société pour n'en conserver que les enfants de milieux favorisés, fils et filles de cadres supérieurs, médecins, enseignants, chercheurs. Certains étaient issus d'un milieu petit-bourgeois. Le père de mon copain Jean était comptable et sa mère, femme au foyer. Mon copain Antoine vivait avec sa mère divorcée qui cumulait deux emplois, infirmière de nuit et psychologue clinicienne. Pourtant, aucun de nous n'était arrivé là par hasard. Comme son fils était sectorisé dans le collège voisin qui avait mauvaise réputation, la mère de Jean avait pris illico rendez-vous avec le proviseur du lycée Buffon pour demander une dérogation, prétextant un grand amour pour la langue de Goethe. Ma mère avait manœuvré à peu près de la même manière.

Le millésime 1984 de la 6e 1 s'est révélé exceptionnel. Parmi les anciens condisciples dont j'ai eu des nouvelles, et sans m'excepter, on compte trois normaliens, deux polytechniciens, deux agrégés de lettres et un diplômé des Mines de Paris, devenus cadre dirigeant de multinationale, DRH d'un grand groupe, ingénieur en chef de l'armement, professeur d'université. Les moins brillants ont également très bien réussi. Tout était écrit d'avance.

Le journaliste du *Figaro* concédait benoîtement que cette sélection pouvait comporter quelques inconvénients, notamment « un esprit de compétition peut-être un peu trop fort pour leur âge ». Aux réunions avec les parents, les professeurs regrettaient une ambiance désagréable. Nous étions encore de gros bébés, mais certains élèves transpiraient déjà l'esprit de sérieux, tandis que d'autres puaient le snobisme, proclamant bien haut leur détestation du foot, ce sport de « beaufs ». À 11 ans, ils avaient déjà le pouvoir – ils l'ont gardé. Je me souviens de deux spécimens qui, au demeurant, ont été de bons copains au début du collège : un petit génie, premier de la classe haut la main, dont le père m'avait chassé de chez lui, à peine croqués les BN au chocolat, parce que son fils devait se mettre au travail ; un garçon à l'ironie mordante et à l'intelligence vif-argent, animé d'un mépris de classe si viscéral qu'il repérait et humiliait celui qui avait le malheur d'« acheter ses écharpes chez Tati ». L'arrogance des petits marquis m'en imposait, et il a fallu deux ou trois ans pour me désintoxiquer.

Bourdieu raconte comment l'internat a été pour lui une terrible école de réalisme, à l'image du monde social lui-même, avec ses dominants, ses tueurs, ses lâches, ses opportunistes qui rampent comme des serpents. De fait, à Buffon, cela aurait pu mal tourner pour moi : mes grands-parents étaient artisans, mon nom sentait l'immigré, j'étais le seul Juif de la classe et, si j'ignorais que Tati avait été fondé par un Séfarade originaire de Tunis, je savais parfaitement que c'était l'empire du textile bon marché, ces *shmatès* qui représentaient, avec les livres, une valeur sûre dans ma famille.

Mais cela a été tout le contraire. Ma scolarité à Buffon a été heureuse : j'ai eu de bons copains, de bons professeurs qui m'ont préparé un bon avenir. Certes, je me suis beaucoup ennuyé en classe, mais avec ce confort moral qui était comme le poêle à côté duquel j'aurais paisiblement somnolé. Les choses suivaient leur cours, et pour le mieux. J'étais fier d'être dans le lycée des cinq martyrs, ces jeunes résistants à peine plus âgés que moi, fusillés par les nazis le 8 février 1943. « La vie sera belle, écrivait l'un d'eux. Nous partons en chantant. »

Je me rends au lycée en métro. Je dois prendre deux lignes à l'heure de pointe, depuis Alésia jusqu'à Pasteur, avec un changement à Raspail. Dans mon journal intime de 1985, on trouve de nombreuses allusions à ma fatigue : « J'ai eu beaucoup de mal à me lever » (4 janvier), « j'ai mis dix minutes au moins à sortir de mon lit » (8 janvier), « j'ai eu vraiment beaucoup de mal à me sortir de ce paradis chaud » (22 janvier), « je me suis levé difficilement, comme toujours » (25 février).

Un de ces matins, serré contre moi dans le wagon bondé, un homme m'a caressé, l'air de rien, à travers mon survêtement de sport. L'incertitude et la gêne m'ont pétrifié. Il a fallu des années pour que ce geste m'apparaisse comme ce qu'il est : une agression.

J'avais joué aux billes dans une école primaire de quartier ; maintenant, j'étais élève dans un « grand lycée parisien » tout chargé d'histoire et d'honneurs, avec des toits en ardoises, de hauts murs, de longs couloirs, de larges fenêtres, des cours à arcades, sans oublier l'Association des anciens élèves. Bien que son architecte, Vaudremer, ait aussi construit la prison de la Santé et diverses églises dans la deuxième moitié du XIXe siècle, le lycée Buffon n'était ni un pénitencier, ni un monastère, mais plutôt un paquebot amarré dans les eaux noires de la ville. Ça fourmillait, ça ronronnait. Fondu dans cette masse à 8 heures du matin, je devenais le mille deux cent quarante-troisième ouvrier d'une machine improductive, et ce sentiment de n'être personne était contrebalancé, bien mensongèrement, par l'assurance que la 6e 1 nous donnait d'être quelqu'un.

16

Naissance du bon élève

Pour moi, donc, « tout s'est bien passé ». Il faut comprendre pourquoi.
En premier lieu, la hiérarchie sociale et scolaire que j'ai découverte à Buffon allait de pair avec une grande diversité d'attitudes. Certains contestaient les professeurs, d'autres les décevaient. L'échec de ces enfants – échec tout relatif, qui se traduisait essentiellement par des mauvaises notes et parfois un redoublement – résultait le plus souvent d'une défaillance parentale, divorce, dépression, négligence, voire maltraitance.
De ce fait, notre classe n'avait rien d'homogène. Dans la 6e 1 produite par un système furieusement aristocratique, il régnait, contrairement à ce qu'affirmaient les professeurs, une atmosphère assez démocratique. Il s'y développait des amitiés transversales, des formes de solidarité qui inquiétaient mes parents. « Bon en tout » sans être parmi les premiers, je faisais partie de ce groupe que les enseignants désignent comme la « tête de classe » ; mais les autres, tous les autres, les cadors, les besogneux à succès, les appliqués

sans étincelle, les moyens du ventre mou, les glandeurs placides, les déconneurs, étaient des copains fantastiques. Je faisais le lien entre les « plus forts que moi » (avec leurs 18 sur 20) et les « moins bons que moi » (en dessous de 14).

Je pouvais passer un mercredi après-midi à m'éclater sur un court de tennis avec Jean, le minet abonné aux 11 sur 20, et, le lendemain, de retour en classe, me laisser aspirer par le cercle du haut, sans que personne s'en offusque. J'étais un caméléon, adapté à tous les climats, cool avec les uns, intello avec les autres, naturel avec tout le monde, bon camarade toujours, hautain jamais.

Relié à plusieurs sphères, j'étais capable de les visiter toutes pour bénéficier des qualités de chacun, mais aussi parce que j'étais attaché à la simplicité et à la franchise de relations qui étaient la règle dans ma famille, riche de deux générations de militants d'extrême gauche et d'un habitus populaire dont toute mon enfance a tiré profit : la curiosité sans gêne de ma grand-mère qui parlait à tout le monde dans la queue des magasins et aux arrêts de bus, l'ouverture d'esprit et l'hospitalité de mes parents, la fraternité des anciens des foyers avec lesquels mon père avait grandi, l'esprit anar de ses tuteurs en leur humide bicoque de La Celle-sur-Morin, la gaieté des grandes tablées à la campagne avec les amis, les parties de belote ou de pétanque à la Bédoule que nous fréquentions encore.

Loin de moi l'idée de jouer au petit saint. En mars 1985, alors en sixième, j'écris dans mon journal : « Aujourd'hui, je rentrais au lycée vers 10 heures. Car F. [*la prof de maths*] faisait soutien et je suis trop fort pour les nuls ! » J'ai ri sous cape le jour où un copain s'est étonné après avoir lu, dans son bulletin, cette appréciation apparemment contradictoire : « Suffisant et insuffisant. » Peu importait, car ma sociabilité de garçon ne reposait pas sur les résultats scolaires, mais sur le sport – foot au soleil ou dans la neige, ping-pong en cours de gym, paume à la récré avec une balle de tennis lancée contre un mur, tennis sur le toit du garage dans la rue où j'habitais.

En deuxième lieu, dans la compétition qui s'annonçait, j'étais armé. Les camarades mieux dotés que moi socialement et économiquement ne me faisaient pas peur. Moins brillant qu'eux, j'étais pourtant leur égal, assuré de ma légitimité, fuyant la lumière qu'ils accaparaient, maîtrisant autant les règles du foot que l'art de plaire aux professeurs, élu de la seule religion qui avait cours dans ma famille : l'école et la réussite intellectuelle.

Le renard des sables ne craignait pas les putois. Comme eux, j'avais de solides atouts dans mon jeu : un soutien parental sans faille, un écosystème culturel dans lequel j'évoluais depuis l'enfance et, surtout, une connaissance intime du milieu prof, de la culture prof, des attentes prof, des limites prof, comme l'observe avec une finesse toute sociologique mon copain Antoine à propos de la vieille demoiselle que nous avions en maths :

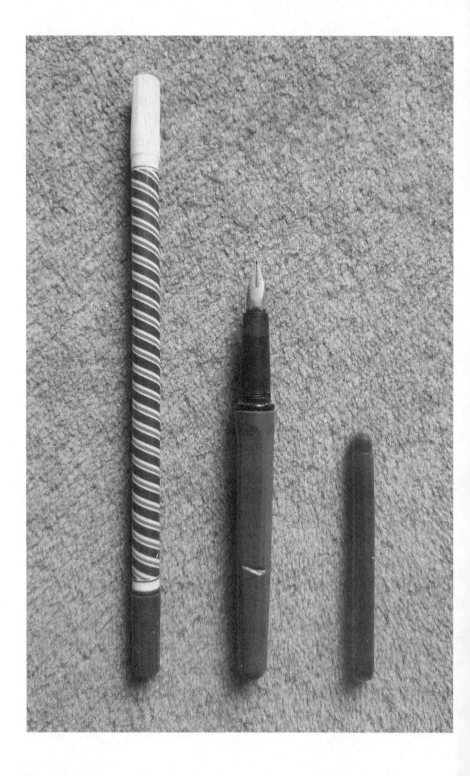

NAISSANCE DU BON ÉLÈVE

C'est le début ou la fin du cours. Elle vient parmi nous, au milieu des tables. Nous sommes quelques-uns debout en train de récupérer nos affaires ou de vider nos sacs. Elle est rieuse. Est-ce parce que tu es un peu son « chouchou » et que devant tes copains tu ne veux pas trop jouer ce jeu-là – mais de l'être t'autorise aussi cette liberté de ton –, tu la moques gentiment. Je crois me souvenir que tu lui fais des compliments sur sa beauté, sa toilette.

Ton sourire, le ton de ta voix, ton exagération et l'évident contraste ne trompent personne, et tu mets les rieurs de ton côté. Joue-t-elle le jeu, participe-t-elle en te donnant la réplique, ou est-elle dupe de ton ironie ? Je ne saurais le dire, mais ça dure un peu, tu frises l'indélicatesse, ce qui nous amuse beaucoup. Je crois que nous sommes entourés des « bons élèves » de la classe. Il y a quelque chose de l'entre-soi qui permet cette situation : par de bons élèves (enfants de profs ou assimilés), elle accepte de se faire insolemment charrier.

Parfois, je passe les bornes : ça a été tout un drame à la maison lorsque j'ai été collé, en sixième, pour avoir été impertinent avec la prof de français. Cette dame très comme il faut avait noué avec moi une relation faite d'exigence et de tendresse qui me dépaysait d'autant moins qu'elle était le décalque de celle que j'avais avec ma mère. Témoin, cette rédaction de septembre 1984, quelques semaines après la rentrée.

Il s'agissait de faire un commentaire du tableau de Monet, *Femmes au jardin*, dans lequel leurs robes piquetées de vert répondent harmonieusement aux feuillages semés de roses blanches. À propos d'un bouquet, j'écris : « Ces fleurs dégagent un parfum que l'ont [*sic*] ne peut pas sentir. » Commentaire cinglant de la prof, en rouge, dans la marge : « Pourquoi en parlez-vous, alors ? » Je poursuis : « Mais ce parfum, c'est le cerveau qui le sent. » Commentaire : « Maladroit, mais exact. » L'appréciation générale figure en début de copie : « Des tentatives parfois réussies pour écrire utilement, pas trop platement. De plus, votre regard perçoit beaucoup de "messages", parfois très finement. » Verdict : 13 sur 20.

Et mon copain Antoine d'enfoncer le clou :

> Je me souviens de ta satisfaction quand les profs de français rendaient les rédacs et que tu avais eu une bonne note. De la façon dont tu te rengorgeais, rougissant un peu, mais très fier quand on te proposait de la lire.

Mon frère jouait dans la même catégorie. Il n'avait pas dévoré, comme le prétendait ma mère avec une admiration à peine surjouée, les « œuvres complètes de Victor Hugo », mais il avait lu plusieurs de ses romans à l'âge de 12 ans, par passion, mais aussi pour se conformer à l'image de Grand Lecteur qu'elle avait de lui. Il connaissait par cœur des passages entiers du *Rouge et le Noir*, qu'il recopiait dans ses agendas (j'ai fait la même chose plus tard avec des poèmes). Aux rédactions, il avait 20 sur 20 et les profs lisaient ou lui faisaient lire son travail devant toute la classe. De son propre aveu, il était le spécialiste de ce fayotage de cuistre qui consiste à étaler sa culture sans en avoir l'air – par exemple, en faisant semblant de confondre Sganarelle, le valet de Don Juan dans la pièce de Molière, avec Leporello, qui occupe le même rôle dans l'opéra de Mozart.

Comme en atteste mon journal de 1985, au début du collège je suis toujours en contact avec mon ami Yann. On se voit le week-end, on va au cinéma ensemble, on dort l'un chez l'autre. Il est en sixième dans le collège du coin, à la réputation douteuse, sinon malfamé. Il s'y rend à pied, en bande ; moi, j'ai ma carte Orange, je me déplace dans un autre arrondissement de Paris. Mon admission à Buffon, telle une montée en puissance, associée à la fréquentation de camarades fiers d'être au sommet de l'échelle sociale, provoque une rupture géographique et sociologique avec mes amis du primaire. Ils me manquent de moins en moins. Je deviens indifférent, étranger au monde de mon enfance, auréolé de la prédominance que je crois avoir acquise sur eux. Avec Yann, je n'ai plus jamais retrouvé la qualité de relation que nous avions en CE1 et jusqu'en CM2.

La fatigue des petits matins, la promiscuité dans le métro, la culture du classement, la découverte de mon infériorité sociale et de ma supériorité scolaire ont durci mon existence de collégien, et cette violence (toute relative) marque un jalon dans la masculinisation de ma vie. Je ne me suis pas réfugié dans une sociabilité de quartier, ni dans une attitude d'opposition. Non, je suis simplement entré en compétition. Tous les copains que j'ai interrogés pour ce livre m'ont affirmé que j'étais gentil, attentionné, délicat, sans vanité d'ego. Les sports d'équipe me captivaient toujours autant. J'avais gardé mon fair-play, mais dorénavant j'avais le droit de « jouer perso ».

17

Lettre ouverte aux mufles

À la fin de la sixième, je fais un stage de voile avec les « forts » de ma classe, deux garçons et une fille. Elle est blonde et discrète, le regard empreint d'une mélancolie à la Botticelli. Ses parents sont médecins. Elle habite un appartement spacieux près du jardin du Luxembourg. Les deux garçons, eux, sont spirituels et offensifs. Leur aisance sociale pourrait avoir comme devise : « Je suis le meilleur et je t'emmerde. » Moi, je suis copain avec eux – et amoureux d'elle. Quelques mois plus tôt, nous nous sommes promenés ensemble, elle et moi, toute une après-midi à Beaubourg. Par la suite, je l'ai langoureusement couvée des yeux.

Dans mon journal de 1985, je passe rapidement sur nos activités marines pour laisser éclater ma déception, mon sentiment d'ennui, mon dégoût pour les quarts effectués en pleine nuit avec des inconnus que je n'aime pas. Mais le séjour de notre amie est pire encore, car nous nous montrons odieux avec elle de bout en bout, ne lui adressant pas la parole, sauf pour la dénigrer et la railler. Enfin on se sépare, chacun partant en vacances avec ses parents.

Quelques jours avant la rentrée de cinquième, les deux « forts » et moi recevons exactement le même courrier sur papier vert, dans une enveloppe assortie. Signé d'elle. Pratique encore rare à l'époque, les trois exemplaires ont été photocopiés. La missive nous exécute un à un, sans nous nommer, selon le principe du jeu du portrait. Elle nous assène nos quatre vérités : méchants, bêtes, lâches, grégaires.

Impressionné par la justesse de ses mots et la dignité qu'elle opposait à notre imbécillité, j'ai reçu sa lettre comme une gifle méritée. Nous avions gâché son séjour dans un esprit qui était tout à fait celui des « forts de la 6ᵉ 1 », aggravé dans mon cas par le dépit de la savoir insensible à mon charme. Bien que j'aie perdu la lettre, hélas, après l'avoir longtemps conservée, je me souviens de ces mots : « Il se croit irrésistible, mais c'est un mufle. » La phrase ne m'était pas destinée, mais si je me la rappelle textuellement, c'est, outre le fait que j'ignorais le sens du mot « mufle », parce que je sentais que je la méritais tout autant que mon comparse. De ce fait, elle s'est imprimée sur mon front en lettres de feu – goujat de 11 ans mortifié par une fille brillante qui non seulement est indifférente à son amour, mais encore ose le décrire tel qu'en lui-même.

Je ne l'ai jamais remerciée pour la leçon qu'elle m'a administrée si jeune, mais quelques années plus tard, à la veille d'entrer en hypokhâgne, je lui ai écrit une ridicule « lettre d'adieu » dans laquelle je revenais à la fois sur la passion qu'elle m'avait inspirée (« les mille visages que j'ai conservés de toi peuplent l'univers fantastique et chéri de mon enfance ») et sur la lettre verte qui brossait impitoyablement nos portraits. Quand j'écris la « lettre verte », cela sonne pour moi comme la « lettre ouverte » à tous les mâles, petits et grands, qui ont pris plaisir dans leur vie à humilier une fille ou une femme. J'ai souvent repensé à cette circulaire, à tous les mufles du monde qui la méritent, qui opèrent en meute, à trois contre une, et qui ne s'attendent pas à ce qu'on les combatte avec intelligence, à une contre trois.

Sur le coup, j'ai été vexé, et voilà tout. L'été suivant, en 1986, à 12 ans et demi, après un stage de voile avec Antoine, je continue de fanfaronner dans mon journal : « Question filles, il y en avait une bien que j'ai failli me sortir. Défaut : elle avait 14 ans. Mais elle était très mignonne. [...] Je pense aux filles que je vais me faire. Peut-être que je n'aurais pas le temps de m'en faire, car je vais mourir. » Éros et Thanatos ? Vantardise de crétin ? Fébrilité du jeune hétéro en pleine période de fantasmes et d'apprentissages ?

La vérité est autre. En amour, j'étais nul. Un incapable, peu entreprenant, accablé par la peur d'être éconduit, condamné à m'effriter dans un doute perpétuel. Je craignais tellement d'avouer mon désir, même à mon journal intime, que cette transgression méritait le châtiment suprême. Divers complexes me paralysaient – binoclard, dégingandé et mou comme un de ces *lokshen* emmêlés dans la soupière, avec une coupe de cheveux insignifiante, privé des accessoires qui glorifiaient les mecs à succès. J'en faisais rire à mes dépens, puisque j'intégrais ces défectuosités dans mes autoportraits au stylo-bille : un polard à lunettes avec la raie au milieu.

18

La garçonnité à succès

Je n'étais pas un mufle, mais je me croyais irrésistible, pour la bonne raison que mes parents m'adoraient. Aujourd'hui encore, ma mère me pare de toutes les qualités :

> Tu avais beaucoup de succès. Les filles étaient amoureuses de toi. Les parents nous disaient : « Ah oui, Ivan, celui qui change de chemise tous les jours ! » Tu t'étais promené tout seul avec une fille de ta classe, en sixième. C'était une sorte d'idylle pour enfants. Elle devait être séduite par toi.

Ma personne, avec ses qualités (nombreuses) et ses défauts (minimes), ne pouvait qu'être synonyme de perfection. Cet aplomb a été ruiné par l'adolescence. Année après année, mes échecs, que j'appelais « souffrances » à la manière du jeune Werther, avec cette outrance romantico-pathétique dont j'ai eu le plus grand mal à me débarrasser, m'ont convaincu que j'étais foncièrement nul, indigne d'amour, assemblage bancal de défauts (nombreux) et de qualités (minimes). C'est ainsi que, gorgé de moi-même jusqu'à l'écœurement, j'ai fini par perdre confiance en moi.

J'étais minable pour trois raisons : pas beau, mal fringué, peu assuré. Ces tares définissaient en négatif la garçonnité à succès. Mon copain Jean sortait avec les plus belles filles du lycée, dédaignant les rougissantes et les disgracieuses qui avaient la mauvaise idée de s'éprendre de lui. Antoine réussissait bien lui aussi. Dans les boums, au cinéma, ils embrassaient les filles avec la langue. On disait « rouler des pelles ». Ils arrivaient même à les peloter. On prononçait « ploter » et cela signifiait essentiellement toucher les seins.

Diplômé d'une grande école de management, Jean travaille aujourd'hui comme associé dans un cabinet de recrutement. Devenus tous les deux pères de famille, nous avons, à l'occasion de retrouvailles, élaboré ensemble la liste des avantages qui faisaient son succès.

La gueule d'ange

Jean et Antoine avaient la même apparence physique : cheveux blonds, yeux bleus, visage fin, peau légèrement hâlée. Ils sont « beaux », alors que je me sens « moche ». Si l'on suit les analyses du sociologue Michel Bozon, qui montre que les hommes bruns véhiculent une image de maturité et de virilité, on peut faire l'hypothèse que la blondeur de Jean et d'Antoine offre au contraire aux filles une masculinité à peine éclose, en voie d'affirmation mais encore juvénile, désirable et désirante tout en restant « pure » – ambiguïté bien adaptée à cet âge présexuel.

La puissance des marques

Jean affichait un look de parfait minet. La mode des années 1980, qu'il suivait à la lettre, voulait qu'on porte une doudoune Chevignon sans manches ou une canadienne trois quarts avec col en fourrure, un jean Levi's 501, un pull Benetton et, aux pieds, des chaussettes Burlington, ainsi que – version classique – des Paraboot, des mocassins Sebago bordeaux à glands, des Weston marron hors de prix, ou – version sport – des Converse hautes, des Vans achetées dans une boutique de la rue de Rennes, des Adidas Montana qu'on pouvait fixer sur des patins à roulettes grâce auxquels on serait le roi de la glisse et de la frime sur la dalle de la gare Montparnasse. Pour mettre ses cahiers, un sac Hervé Chapelier en tissu avec le fond en cuir. Oui, il fallait tout cela pour s'imposer.

Jean savait que les marques augmentaient son sex-appeal et sa mère voulait lui faire plaisir sur ce point, malgré les protestations de son père qui voyait tout ce que cela coûtait. Antoine s'habillait lui aussi avec soin, mais dans un style plus *bad boy*. Moi, je n'avais rien de tout cela, parce que ma mère préférait investir ailleurs : j'avais un crédit illimité pour les livres. Sourde à mes supplications, elle me traînait dans une friperie nommée « Le Mouton à cinq pattes » où il fallait fouiller dans de grands bacs pendant des heures pour dénicher un pantalon dégriffé à ma taille, une fin de série pas trop ridicule, une chemise « de marque » démodée, après quoi elle repartait satisfaite, m'assurant que j'étais vêtu pour l'hiver.

Le royaume des *shmatès*, encore. Aujourd'hui, j'accepterais d'y vivre, mais il fut la honte de mon adolescence et, sans nul doute, l'une des causes de mes « souffrances ». Jean, le fashionable des classes moyennes, peaufinait le chef-d'œuvre de son apparence grâce à l'entrée du prêt-à-porter dans la production et la consommation de masse, phénomènes que ma mère refusait catégoriquement par fidélité à nos traditions familiales, et c'est pour cette raison que je suis resté un garçon mal sapé des classes intellectuelles. Il y avait là deux stratégies de distinction.

L'art de la drague

« Manier le clin d'œil », « attraper la lumière », « entretenir sa petite cour », « veiller sur son cheptel » : ces expressions de Jean témoignent à la fois de l'ascendant qu'il détenait sur les filles et du savoir-faire avec lequel il mettait en œuvre tout un arsenal de techniques incluses, aujourd'hui comme hier, dans la définition du masculin. Il savait draguer, c'est-à-dire exprimer son désir et entretenir celui des demoiselles, mais aussi conquérir, posséder, compter, gérer son « cheptel » : flatter l'une, rendre l'autre jalouse, etc.

J'ai demandé à Jean d'évaluer mon potentiel de séduction à cette époque. Il m'a fait l'amitié de me répondre avec la franchise de nos 12 ans :

J'avais l'assurance pour charmer les filles, mais je ne voyais aucun potentiel de séducteur te concernant. Tu n'étais pas une menace.
J'avais une gueule d'ange ; D. avait l'intelligence et l'aura [*D. est l'un des « forts » de la classe*]. Quelle place pour toi, qui étais un mixte non affirmé, donc non visible, de nous deux ? Tu n'étais pas un potentiel adversaire en termes de séduction.
Autant moi j'étais soigné, petit minet (voir les photos de classe, un magasin BCBG à moi tout seul, horreur !), autant toi tu étais banal (désolé !).

Jean a raison sur tout. Un été, il m'a invité à passer une semaine avec sa famille dans un camping près de Perpignan. Il était adulé par les filles. J'admirais ses succès, l'éclat de ses amours − et cela sans amertume, parce que sa supériorité était absolue. Il était de la race des vainqueurs. Je n'étais pas seulement une non-menace pour le gagnant qu'il était, doté de tous les must-have de l'époque, maître en attraction universelle ; j'étais aussi une non-valeur sur le marché amoureux, une ombre reléguée dans l'ombre, une absence, un rien.
Le sentiment d'échec ne s'est jamais complètement effacé. Quand j'entends les slows de ma jeunesse, *Still Loving You* de Scorpions ou *Hunting High and Low* de a-ha, pendant lesquels je voyais les couples se former dans le noir, je ressens une peine remonter du fond des âges.

Il y a quelques mois, alors que je présentais *Des hommes justes* dans une librairie, une personne dans la salle m'a demandé pour quelles raisons j'avais écrit ce livre. J'ai répondu, entre autres, qu'adolescent je me sentais pareil à un ver de terre et que ce malaise dans le masculin s'était traduit par une solitude amoureuse jusqu'au bac. À la fin de la rencontre, une femme de mon âge, directrice d'école, est venue me voir alors que je dédicaçais des livres à la table de signature. Elle m'a dit avec un sourire : « Vous vous trompez. Moi, j'étais follement amoureuse de vous. »

Bien qu'elle eût fait toute sa scolarité à Buffon, son nom ne me disait rien. D'un an plus jeune que moi, elle n'avait jamais osé m'adresser la parole. Dans le texte qu'à ma demande elle a rédigé, elle évoque un « svelte garçon brun » :

> Je regardais ce groupe avec envie et admiration. La classe bilingue allemand… Vous vous déplaciez en cohorte et vous sembliez tous beaux, intelligents et parfaitement intégrés dans le collège. Vrai ou faux, à chaque fois que je vous croisais, vous rayonniez de bonheur, vous rigoliez de tout et sembliez soudés. Pour moi qui avais du mal scolairement et qui vivais difficilement les changements propres à l'adolescence, vous représentiez ce que je voulais être, le fantasme absolu : la beauté et l'intelligence.

Je te revois parfaitement, comme si c'était hier, avec ton imperméable et ta sacoche. Comment ne pas te remarquer ? Tu n'étais pas comme les autres. Ton style vestimentaire, ta manière de te mouvoir, ta gestuelle… Tu semblais non seulement assumer ton décalage, mais le revendiquer ; une marque de fabrique qui te rendait totalement unique, à mes yeux en tout cas. Tu représentais ce que je n'avais pas : la confiance.

Son amour – son fantasme, je le crains – reposait sur le pouvoir que me conféraient mon appartenance à un groupe prestigieux et mon look raté que je qualifierais, faute de mieux, d'« intellectuel ». Pouvoir de séduction, si l'on veut. Quoi qu'il en soit, ce texte montre que mon décalage – un garçon de nulle part, dominé parmi les dominants – pouvait plaire à une fille. Rien que pour cela, il me fait plaisir.

19

Les soirées de Clamart

Maupassant et Zola avaient leurs soirées de Médan. Nous, avec beaucoup moins de talent, mais beaucoup plus d'alcool, nous avions nos soirées de Clamart. Elles se tenaient dans un pavillon en meulière de deux étages, mitoyen de celui où habitaient les parents de Patrick. La maison était entièrement vide parce qu'ils avaient l'intention de la louer.
Le samedi après-midi, nous allions faire le plein à l'épicerie du coin : vodka, gin, whisky, rhum. Vers 19 ou 20 heures, on s'y mettait, et la soirée tournait rapidement à la beuverie. C'était un sabbat, un long délire nocturne. Patrick, à quatre pattes, imitait un porc. Florian, qui venait de se couper la main, pissait le sang au milieu des éclats de rire. Benoît voulait sauter par la fenêtre, retenu avec difficulté par Solène et Krishna. Je n'ai pas souvenir qu'on dormait. Le petit jour se levait sur les cadavres de bouteilles.
Cela se passait en 1987-1988 à Clamart, dans une impasse à laquelle les branches d'arbre dépassant des grilles donnaient un air champêtre. Nous étions en

troisième, fiers représentants de la 3e 1. Dans son agenda, Solène évoquait joliment des « saoules ». Aujourd'hui, on dirait *binge drinking*.

Cette bande rejetait le monde des profs et des adultes. Plusieurs garçons volaient à la FNAC Montparnasse, retirant discrètement la cellophane des cassettes de The Cure ou de Téléphone. Ce n'étaient pas des voyous, ni des mauvais bougres. Bons vivants, joyeux, sincères, unis par une indéfectible solidarité, ils auraient subi avec plaisir dix heures de colle plutôt que de manquer un rendez-vous ou d'abandonner un copain dans les griffes d'un surveillant. Un jour, en quatrième, la prof de français a exclu Patrick à cause d'un bavardage ; Solène s'est levée pour le défendre ; elle a été expédiée en permanence elle aussi.

Patrick était une force de la nature. Dans la cour, on jouait à la « mêlée » en se jetant les uns sur les autres jusqu'à former un tas humain. « Un truc de Huns ! » se réjouissait-il. De fait, il valait mieux ne pas avoir son genou dans les reins. On faisait aussi des chasses à l'homme géantes dans tout le lycée : on se cachait, il fallait se retrouver. Patrick et moi partageons le même souvenir, que je le laisse raconter : « Je te poursuis, on court comme ça pendant des dizaines de minutes. Tu courais bien, tu avais beaucoup d'endurance, on a fait deux fois le tour du lycée. Aucun ne lâchait. À la fin, on s'est écroulés tous les deux en rigolant. »

Souffrant de bégaiement, le visage découpé selon des angles bizarres, Benoît était un être introverti dont l'âme portait une couronne d'épines trop lourde pour elle. Le divorce de ses parents le faisait souffrir. Il émanait de lui une fragilité qui me touchait et me gênait tout à la fois, sans doute parce qu'elle me rappelait la mienne. Ses complexes ne l'empêchaient pas de faire preuve d'humour, sur un mode désespéré. Il soutenait que si la révolution prolétarienne n'a pas eu lieu, c'est parce que Marx a prévenu les bourgeois. Il se disait émule de Trotski et fanatique de Mahler, sans que personne ne comprenne ce qu'il pouvait bien leur trouver. Aujourd'hui, j'y vois une quête d'absolu politique ou artistique, la recherche d'une raison de vivre. Benoît avait sans doute besoin d'être aidé, mais pour l'heure c'est lui qui venait en aide aux autres. Lors d'un séjour à Houat, une petite île bretonne sur laquelle nous allions camper pendant les vacances, il avait sauvé Jean de la noyade entre deux rochers, comme un dauphin. Sur la terre ferme, sa peau claire l'obligeait à rester en pyjama toute la journée, à cause des coups de soleil.

Krishna était le plus petit, le plus faible. Un jour qu'il avait été frappé dans la cour, Patrick, rendu fou d'injustice, avait cassé la gueule de son agresseur. Krishna était une souris parmi les ruminants, une bouffée d'oxygène dans ce remugle de grands rustauds. Avec lui, tout était simple et gai. Il disait malicieusement, comme dans la chanson de Bruel : « On se reverra place des Grands Hommes. » Lors des soirées de Clamart, nous étions lui et moi les deux seuls à ne pas boire. Moi, je trempais mes lèvres dans un verre de Malibu et je faisais semblant d'être bourré pour « en être », de même qu'à Houat, autour du feu de camp sur la lande où nous avions planté nos tentes, je tétais le filtre du joint pour avoir moi aussi des hallucinations.

Depuis ce temps, deux questions m'obsèdent.

Nous nous sommes retrouvés, Solène et moi, dans un restaurant de Montparnasse, le jour de mes 46 ans. Active et heureuse, Solène assure le suivi des enfants placés dans un département de la région parisienne. Les années n'ont eu aucun effet sur elle, alors que j'ai vieilli inexorablement. Il y a peu, ma fille a fait le portrait de sa mère et moi : « Maman est blonde, papa a les cheveux gris. » J'ai failli lui répondre que non, papa a les cheveux noirs.

De toute ma scolarité, Solène est la fille la plus généreuse que j'ai rencontrée. Sa gentillesse était le contraire de la candeur : une fermeté dans la relation, exigence de fidélité et de sincérité, confiance dans les qualités de l'autre. C'était la bonté qui vous élève, celle qui voit le bien en vous et excuse le mal, vous estime plus que vous-même, vous donne des raisons d'aimer ce que vous êtes. Solène pratiquait l'optimisme de l'être.

Elle ne m'a pas tout de suite rappelé que j'étais cruel avec l'une des filles de notre classe, que j'avais surnommée « Tête de hareng ».

> Tu étais très gentil. Tu ne jugeais pas. Tu faisais passer les messages avec élégance. Tu étais d'une grande sensibilité, qualité que j'ai retrouvée en

lisant *Laëtitia*. La façon dont tu parlais d'elle, avec les mots justes, une tendresse, une sensibilité, une douceur, je me suis dit : « Ça, c'est Ivan ! »

Pourquoi, dans ces conditions, aucune fille n'a-t-elle voulu de moi ? Solène m'a répondu que l'adolescence est un âge difficile et qu'en outre j'étais amoureux d'une fille inaccessible, la timide ballerine que nous avions persécutée au stage de voile. Il y avait aussi une raison proprement scolaire : être dans la même classe pendant quatre ans, cela ne favorise pas les expériences amoureuses. Nous avons grandi ensemble en frères et sœurs dans une atmosphère de camaraderie. Jean et Antoine, eux, avaient l'idée de fréquenter les filles des autres classes.

Deuxième question. Les bacchanales de Clamart n'étaient pas sympathiques ; elles étaient tragiques. Pourquoi réussissais-je à m'en protéger, alors que les autres s'y détruisaient ?

> **DIMANCHE 1ᵉʳ MAI**
> 122 - 244 18e semaine
> Fête du Travail
>
> Saoule avec Patrick, Mathieu, Benoît et un peu Ivan (un truc ... petit pe...

Tandis que ses frères se faisaient dérouiller par leur père, Solène subissait les violences de sa mère : des gifles au quotidien pour des bêtises grosses ou petites, par exemple mal tenir sa fourchette. Solène allait en classe avec des plaies – je n'en ai jamais rien su, jusqu'à ce déjeuner de retrouvailles où, en me racontant cette enfance que j'ignorais, elle m'a fait pleurer en plein restaurant. Aujourd'hui, en tant que professionnelle de l'Aide sociale à l'enfance, débarquant dans une famille comme la sienne, elle placerait sans hésitation la fratrie tout entière.

Après Buffon, Solène est partie au lycée Condorcet. Elle séchait tout le temps, elle n'allait pas en cours plus de deux heures par semaine. Sa terminale a été erratique, mais elle a quand même décroché son bac en révisant toute seule. Le jour des résultats, sa mère lui a dit : « Tu ne le mérites pas. » Une autre fois, sa mère l'a frappée avec un objet. Solène a recueilli le sang qui coulait de sa lèvre et, avec la main, elle l'a étalé sur le visage de sa mère, comme une peinture de haine. Elle avait 19 ans. Sa mère n'a plus jamais levé la main sur elle.

De nos soirées, ses parents ne savaient rien. Ils n'avaient qu'une hantise : qu'elle se comporte « comme une pute ». Ils étaient violents, mais aimants. Solène analysait les dysfonctionnements de sa famille, alors que Patrick subissait les siens. Au lycée, ni l'un ni l'autre n'en parlaient. Il leur manquait les mots : la maltraitance, la souffrance, le malheur sont de l'ordre de l'innommable. En seconde, Patrick a fait les mauvaises rencontres.

Il n'était plus protégé par le groupe de la 3ᵉ 1, et la descente aux enfers a commencé.

Alors que je descendais pensivement la rue de Rennes, après avoir dit au revoir à Solène, j'ai reçu un SMS d'elle : « À l'avenir, dès que tu sentiras cette fêlure en toi, dis-toi : "J'ai toujours mérité d'être aimé." »

20

Histoire de Patrick

Solène m'avait promis qu'elle parlerait de mon projet de livre à Patrick. Elle a tenu parole et, quelques semaines plus tard, nous nous sommes revus à trois. Quand Patrick est entré dans le café en s'appuyant sur sa canne, il nous a cherchés des yeux, et j'y ai revu la gaieté et la bonté qui le caractérisaient à l'époque où il était notre colosse au grand cœur.

Témoignage de Patrick

À 16 ans, en seconde, je me suis dit : « Je m'en fous, à 25 ans, je me suicide. » Je pensais que je ne durerais pas longtemps, comme Kurt Cobain, donc je me suis autorisé tous les excès. À partir de la seconde, de 16 à 25 ans, j'ai vécu le pire de ma vie. En troisième, on se bourrait la gueule ensemble le week-end, mais en seconde, je buvais seul à la maison tous les soirs. De la Jenlain, c'est pas cher et ça suffit à te bourrer. Les bouteilles disparaissaient. Mes parents étaient dans le déni. Ils ne voulaient pas voir.

Mes parents étaient toxiques. Il y avait une pathologie chez eux, notamment ma mère. Elle était dans la dévalorisation systématique. Elle savait tout, et moi, rien. Donc je n'avais aucune confiance en moi. Ma sœur a quitté la maison à 18 ans. Moi, je picolais, c'était ma manière de m'enfuir. J'ai fait une tentative de suicide.

Je crois que mes parents protégeaient leur couple, leurs enfants venaient après. Ma mère avait une maladie psychiatrique, elle a été internée à 20 ans. Mon père la protégeait. C'était elle qui était défaillante.

J'ai été une fois dans ta famille et je m'en souviens encore. Ta mère était gentille, aux antipodes de la mienne. Tu avais des parents qui t'aimaient. En dormant chez toi, j'ai découvert qu'une famille pouvait fonctionner autrement. Le matin, on est allé au stade, on a fait des tours.

Pendant nos soirées d'ado, on se contentait de se cuiter. C'est ensuite que c'est devenu dur. En première et en terminale, j'étais tout le temps saoul, dans la rue, au parc Georges-Brassens.

C'est ma période d'alcoolisme. Il me fallait de l'éthanol, du Pommard à la Kronenbourg en passant par le cognac. Je vidais la cave de mon père. Une nuit, en rentrant, je me suis écroulé dans l'escalier. Mes parents ne se sont pas levés, c'est ma sœur qui est venue m'aider. Un soir, je suis rentré d'une cuite à vélo, j'ai fait une chute en pleine rue. C'était près de la porte de Vanves, ça aurait pu être très dangereux pour moi. J'ai eu mon bac avec 10,0 de moyenne. Le jury a dû me remonter.

1993, c'est la pire année de ma vie. J'étais inscrit à la fac en géographie à Tolbiac, mais je zonais, j'étais complètement explosé, je m'enfonçais dans l'alcool. J'oubliais les rendez-vous, j'étais tout le temps bourré, je n'étais plus en état d'avoir des amitiés, tellement j'étais mal. C'était une forme de suicide.

J'ai eu deux accidents de voiture. Le premier, dans le Jura, en pleine nuit. J'ai pris la voiture qu'on avait louée. J'ai raté un virage, la voiture a fait des tonneaux. Je me suis blessé au bras et à l'oreille, il y avait du sang partout. Les gendarmes sont venus m'interroger à l'hôpital. Après l'accident, je suis rentré chez moi avec mes plaies. Mes parents n'ont pas réagi quand je leur ai dit : « J'ai eu un accident de voiture. »

Le deuxième accident, c'était avec la voiture de mon père. J'ai pris l'autoroute à contresens. La voiture a été explosée, elle fumait à mon retour. Ensuite, je suis resté prostré dans ma chambre. Là, mes parents ont vu que c'était sérieux. Je me scarifiais avec un canif. Ils m'ont traîné aux urgences de l'Hôtel-Dieu. J'ai été placé en hôpital psychiatrique, mais à la sortie il n'y a eu aucun entretien avec eux, rien, alors qu'on aurait dû faire tous ensemble une analyse systémique.

Après mon séjour en psychiatrie, c'était loin d'être la fin de la spirale infernale. J'étais maladivement extraverti et, d'un coup, je suis devenu totalement inhibé. L'alcoolisme, la dépendance, la maladie étaient installés depuis des années. J'ai continué à boire, un alcoolisme profond. Suivi psy, médocs, etc.

J'ai erré jusqu'à mes 24 ans. J'ai trouvé les ressources pour suivre une formation d'éducateur, pour travailler, toujours très fortement alcoolisé. Que de stratégies épuisantes pour ne rien montrer, c'était fou.

En 2004, j'ai eu le diagnostic de la sclérose en plaques. L'alcoolisme est une contre-indication, l'alcool attaque le système nerveux central. Grâce à la sclérose en plaques, à ce « merveilleux malheur » comme dit Boris Cyrulnik en parlant de résilience, j'ai arrêté de boire. Cela m'a pris deux ans.

J'avais alors 33 ans. J'avais passé la moitié de ma vie à boire, à me détruire. À 33 ans, j'étais enfin délivré de ce poison qu'est, pour moi, l'alcool.

On s'est retrouvé avec mon père quand il a été malade. J'ai eu ma sclérose en plaques, et lui une embolie pulmonaire. On est devenus copains d'hôpital, en quelque sorte. J'ai fait la paix avec lui pendant ses deux mois d'agonie.

Quand j'étais dans l'alcool, je me rendais pas compte de l'horreur de cette vie. Je me disais : « C'est la vie, c'est comme ça. C'est la fatalité. »

Lorsque j'ai envoyé à Patrick le verbatim de son entretien, il m'a répondu :

HISTOIRE DE PATRICK

Salut Ivan,
J'ai bien reçu ton texte, et je t'en remercie.
Ça m'a bouleversé. Heureusement que j'ai déjà bien travaillé la question.
Parler de cette période avec vous, de ces années que nous avons vécues ensemble, c'est différent, ça m'a bien remué.
Sur le texte, ça va pour moi. C'est brut de décoffrage, ça me plaît.
Je suis très heureux de t'avoir retrouvé.
Bises,
Patrick

21

La masculinité de contrôle

Pour le cannabis, il fallait demander à Fred. Les joints qu'il roulait, longs et coniques, après avoir léché avec application le papier Rizla+ presque transparent, étaient des chefs-d'œuvre destinés à partir en fumée, taffe après taffe, pour le plaisir de ses hôtes qui les faisaient tourner, assis en tailleur sur des coussins posés à même le sol. L'élévation des volutes odorantes et le point rouge incandescent, mobile dans l'obscurité, étaient l'indice du bonheur collectif. Les soirées chez Fred étaient aussi pacifiques que les beuveries de Clamart étaient démentes. La béatitude du joint contrastait avec la furie de l'alcoolisation.

Fred avait rejoint notre classe en quatrième, alors qu'elle était déjà traversée de clans, d'ondes de mépris, de haines inexpiables et d'amitiés à la vie à la mort. Il était petit, un peu bouboule, avec une tête de bébé joufflu encadrée par de longs cheveux bouclés. Son vieux jean, son keffieh effrangé, son sac US en toile et ses faux tatouages au stylo-bille lui composaient un look « peace & love » un peu crado.

À l'autorité des profs, Fred opposait une ironie gouailleuse, écran de protection qu'il avait d'abord déployé contre son père, un homme dur et violent qui se disait inquiet pour son « obésité ». Grande gueule défendant mordicus ses utopies, il en rajoutait dans le côté méchant, rebelle, « société tu m'auras pas », parce qu'il n'assumait pas son visage poupin, ses crises d'asthme et sa timidité. Ses manières détonnaient dans le monde un peu gourmé de la 3e 1, mais ses fausses colères étaient bien plus inoffensives que la vraie brutalité des « forts ».

Fred vivait avec son frère aîné chez leur mère, souvent absente. Ce frère avait le cran de traduire en actes l'esprit du chanteur Renaud, dont nous étions des spécialistes internationaux. Dans une soirée, énervé par les grands airs que se donnait une petite bourgeoise prétentieuse, il avait longuement mastiqué une banane et vomi la bouillie sur les bottes en croco de la fille épouvantée. Livré à lui-même dans son appartement parfumé au haschich et au patchouli, Fred était l'archétype de la « mauvaise fréquentation » qui effrayait ma mère.

Malheureusement pour elle, il a été mon meilleur ami pendant toute la troisième. Nous rendaient complices l'amour de la langue, des mots, de la poésie, le goût des jeux et des alphabets que nous inventions, le plaisir de la discussion, surtout quand elle est oiseuse, et une appétence pour la subversion, explicite chez lui, souterraine chez moi. Bien sûr, Fred était beaucoup plus contestataire que moi. En cours d'allemand, alors que le prof nous parlait de la catastrophe de Tchernobyl, il

était intervenu pour dire que c'était une exagération des médias due à leur « anticommunisme primaire ». C'est lui qui m'a raconté l'assassinat du chanteur chilien Víctor Jara, auquel les militaires, après le coup d'État de 1973, ont coupé la langue et les doigts dans le grand stade qui porte aujourd'hui son nom : « Chante, maintenant ! »
Depuis le Mexique où il a fait sa vie, Fred m'a laissé une série de messages vocaux sur Facebook. Sa voix traînante de titi parisien, rauque de tabac, un peu nasillarde, a réveillé en moi l'affection sans bornes que toute sa personne m'inspirait, il y a trente ans, lorsque nous tuions l'ennui en classe en nous soumettant mutuellement des tests de connaissances sur les chansons de Brassens et de Renaud.

> J'ai toujours eu vachement de tendresse pour toi. Je t'aimais bien, quoi. Tu avais, tu as toujours eu un petit côté Jean-Pierre Léaud dans les films de Truffaut. Tu aimais les filles, moi aussi évidemment. On avait un petit côté branleurs, au sens propre comme au sens figuré. Mais bon, c'était l'âge.
> Tu aimais jouer avec les mots, tu aimais les chansons. J'ai un super souvenir de tout ça. Tu avais un petit côté facétieux, qui aimait bien déconner, qui aimait bien s'amuser, mais en même temps tu étais beaucoup plus structuré que moi. Il y a un truc, avec le sens de l'ironie et le sens du tragique, qui vont ensemble et qui font un joli

cocktail. J'ai l'impression que c'est très juif aussi, ce sens de la dérision par rapport à la tragédie. C'est quelque chose que j'aime beaucoup.
Chez toi, il y avait aussi une tendresse et une humanité qui me plaisaient bien. Peut-être que tu étais une personne qui doutait. J'ai toujours beaucoup aimé le doute.

Alcool à Clamart, avec Solène, Patrick, Florian, Benoît et Krishna ; cannabis chez Fred, avec les mêmes. Le premier répondait à une logique d'autodestruction ; le deuxième, à un principe de plaisir. Dans le pavillon vide de Clamart, rampant sur la moquette beige, on se profanait, on hurlait d'ivresse, de malheur peut-être ; c'étaient des transes, des états *borderline*. Un culte de Dionysos si l'on veut, mais au rythme des vomissements. Chez Fred, en revanche, on suivait la pente douce. On se consumait en paix. On vivait des moments de rébellion extatiques un peu débiles, mais profonds. Inutile de préciser que je ne fumais pas plus que je ne buvais.

Toutes ces expériences ont compté. Si ces enfants terribles acceptaient d'être mes amis, moi le bon élève, s'ils m'accueillaient à bras ouverts, c'est que je portais comme eux une mauvaise graine, une extravagance. Les feux qu'ils allumaient ici et là me fascinaient. Je m'en approchais prudemment, sans m'y enflammer. Je m'arrêtais juste avant le risque, la réprimande, la punition, la mort scolaire et sociale, la mort tout court.

LA MASCULINITÉ DE CONTRÔLE

C'est Fred qui a initié Solène au cannabis, et c'est ensemble qu'ils ont redoublé leur troisième, la même année qu'Antoine. Nos chemins ont alors divergé. J'ai rompu avec toute la bande. En seconde, c'est un bosseur qui est devenu mon meilleur ami. Il l'est resté. J'admirais leur courage, leur intrépidité dans les excès, je valorisais leurs mutineries comme je partageais leurs faiblesses, mais au fond je savais que je n'étais pas des leurs, que je finirais par les trahir et, en effet, j'ai trahi leurs transgressions. J'ai bifurqué pour emprunter le chemin de la réussite scolaire, qui a été aussi celui de l'écriture. Pourtant, ces faux frères, naufragés de la 3e 1 après en avoir été les flibustiers, ont joué un rôle décisif dans mon parcours. Grâce à leurs zigzags, je n'ai pas toujours marché droit.

« Ma jeunesse ne fut qu'un ténébreux orage » : le sonnet de Baudelaire me faisait rêver. Non seulement je n'ai pas fait de crise d'adolescence, non seulement j'ai esquivé toutes les tentations, passant miraculeusement à travers l'alcool, le tabac, le cannabis et les autres drogues, mais depuis les soirées de Clamart, je voue une détestation farouche aux substances addictives, auxquelles je n'ai touché ensuite qu'avec réticence, et toujours par souci d'appartenir au groupe. Le café est le seul psychotrope que j'ai consommé régulièrement à partir de la seconde. Aujourd'hui, je n'en bois plus, et son arôme onctueux et brûlé me manque parfois. Comme tout le monde, j'ai pris quelques cuites, mais de faible amplitude. Lors de la dernière, vers 25 ans, j'ai vomi pitoyablement, à quatre pattes dans l'herbe. Après m'avoir secouru, une amie – devenue depuis notre médecin de famille – m'a passé un savon dont je me souviens encore.

Je suis un garçon original, sociable comme avant moi ma grand-mère et mon père, mais je ne suis pas un fêtard. Drôle, mais pas fun. Quand la musique est trop forte, qu'on ne s'entend plus parler ou que minuit sonne, je rentre me coucher. Soirée alcoolisée, nuit blanche sur le dancefloor, concert de rock : espaces d'épuisement où ma liberté est piétinée par celle du voisin. Guère ne picole, guère ne fume. Les extases que provoquent le shit, le LSD, l'ecstasy ou les amphétamines me semblent moins puissantes que l'hallucination des mots. Et puis la dépendance me fait horreur. Ma conscience n'a pas besoin d'être altérée pour être aiguë. Gringalet, demi-portion, mangeur de concombres et de poivrons, intello toujours en proie à quelque hypocondrie, je suis l'exact contraire du cow-boy Marlboro.

À cela, il y a un niveau d'explication familial et social. Mes copains qui adoptaient un comportement « ordalique », se défonçant le cerveau, jouant avec le coma éthylique, étaient les victimes de leurs traumatismes, alors que moi j'étais soutenu par les traumatismes des victimes. Ma volonté de faire fructifier l'héritage familial, entièrement placé dans la raison et la culture, exigeait la préservation de ma lucidité. L'oubli de soi aurait redoublé l'oubli des nôtres ; la perte de temps aurait signifié la perte du temps. Je n'avais pas envie de m'approcher de la mort, parce que ma mission était au contraire d'en arracher ceux qu'elle retenait prisonniers. Pour cela, j'avais besoin de durer.

Toute la société m'a aidé à me détourner des conduites à risques. Pendant mon enfance, les gens fumaient partout : dans les restaurants, les cafés, les boîtes de nuit, les gares et même les trains, où un wagon à l'odeur écœurante leur était réservé. Mes copains pouvaient s'acheter facilement des cigarettes dans les bars-tabacs. Quant à la vente d'alcool aux mineurs, on l'a vu, elle ne posait aucun problème.

Bien sûr, depuis la deuxième moitié du XIXe siècle, de nombreuses ligues dénoncent les méfaits de l'alcool. En 1905, la réunion de la Société française de tempérance, de l'Union française antialcoolique et de l'Étoile universitaire a donné naissance à la Ligue nationale contre l'alcoolisme. Dès les premières pages, mon carnet de santé porte cet avertissement :

C'est au cours des années 1980, pendant mon adolescence, que le principe de prévention a émergé, d'abord sous la forme de messages de santé publique. Des spots conclus par des slogans facilement mémorisables étaient diffusés aux heures de grande écoute. Leur style réaliste et parfois humoristique, emprunté aux publicités les plus « créatives », rompait avec le ton culpabilisateur des ligues de tempérance :

> Un verre, ça va. Trois verres, bonjour les dégâts ! (1984)
>
> La drogue, c'est de la merde (1986)
>
> La drogue : parlons-en avant qu'elle ne lui parle (1986)
>
> Tu t'es vu quand t'as bu ? (1991)

Ces campagnes de sensibilisation étaient appuyées par le législateur. La loi Barzach de 1987 interdit la publicité pour l'alcool à la télévision ; sur les autres supports, elle doit comporter la mention « À consommer avec modération » et ne jamais cibler les mineurs. En 1991, la loi Évin réduit encore le périmètre de la publicité et impose l'avertissement « L'abus d'alcool est dangereux pour la santé ». L'interdiction de fumer dans les lieux publics, instaurée par la même loi, a été pour moi un immense soulagement. Par la suite, l'État a alerté l'opinion sur les dangers du gras, du sel, du cholestérol, de la sédentarité, du soleil.

LA MASCULINITÉ DE CONTRÔLE

Le principe de prévention ne se contente pas d'ériger l'alcoolisme, le tabagisme ou la malbouffe en problèmes de santé publique ; il commande aussi de prendre sa santé en main, tel un entrepreneur de soi-même. Je ne me suis pas seulement éloigné de mes copains addicts, qu'ils soient alcoolos ou toxicos ; j'ai incorporé la philosophie néosanitaire jusqu'à devenir « la caricature de l'*homo medicus*, émanation de l'individu aseptisé ne cherchant qu'à maximiser son espérance de vie, ne fumant pas, ne buvant pas, ne se droguant pas », selon la définition de Christian Ben Lakhdar.

Je vis excessivement, mais sans excès. Il me reste la santé comme une sainteté, l'intellect comme la seule déraison que je m'autorise, et aussi l'espoir de ne pas mourir trop tôt. Aucune substance ne me fera baisser la garde. Les disparus ont besoin d'être veillés. Je ne prétends pas avoir raison : ils auraient peut-être aimé que je ripaille ou que je descende une bouteille de vodka en leur honneur. Mais pour explorer la faille de mon être, il me faut être sans faille. L'homme que je suis devenu, par son mode de vie, met-il en œuvre une tyrannie de soi, de même que l'austère vertu de Robespierre n'est pas sans rapport avec la dictature qu'il a instaurée en 1793 ? Mon dégoût pour les addictions qui rabaissent, les drogues mais aussi le fétichisme des marques, dessine plutôt une politique de la liberté.

Je commence à pouvoir tracer les contours de ma masculinité, qui réalise la fusion de l'ascétisme, de l'anxiété et du travail. La masculinité d'ostentation, dépense de soi, était celle de la plupart de mes copains : fringues, frime, rhum, shit, délires, exhibition de son look ou de son ébriété, comme un spectacle qu'on impose aux autres. Je pratique la masculinité de contrôle, une masculinité contenue et sans dangers, qui n'est une menace pour personne. Planificateur de mes livres, maître d'une vie programmée par d'autres, je voudrais être tranquille, enfin ; jouir de la vie dans un environnement sécurisé pour conjurer le chaos du XXe siècle.

Belle illusion ! Je suis en apparence un homme sain, mais ce qui n'est pas sain chez moi, c'est l'inquiétude irraisonnée, la folie du soupçon, la crainte des lendemains qui ne chantent jamais, la panique nocturne. Toutes se résolvent dans le travail. C'est là une autre forme de dépendance, socialement acceptée, surtout chez les hommes. Quoi qu'il en soit, le permanent calcul de soi interdit l'abandon et le lâcher-prise ainsi que la sérénité vis-à-vis de l'avenir. Autant de joies dont je me prive.

Dans ma vie, le danger est partout. Je m'imagine les périls dans l'espoir de les conjurer. La sécurité absolue que je recherche me précipite dans une insécurité totale. Au fond, l'ampleur des risques imaginaires que je m'inflige représente le seul vrai risque de mon existence. Je tiens tellement à la vie que je pourrais en sortir précocement, incapable de soutenir les angoisses que provoque en moi l'idée de la perdre – désolant paradoxe qui montre à la fois ma déficience psychologique et la vanité de la masculinité de contrôle.

LA MASCULINITÉ DE CONTRÔLE

Dans mes années collège, j'ai été tiraillé entre trois masculinités de domination : celle des « forts en classe », toute en brutalité verbale et sociale ; celle des « forts en drague », toute en prestige vestimentaire et en magnétisme ; celle des « forts en transgression », capables d'outrepasser les limites. Pas un garçon à ma connaissance ne maîtrisait les trois en même temps, ni même deux. Quant à moi, je n'en possédais aucune. Je n'étais fort en rien, à part en volonté, cette nécessité intérieure qui me faisait avancer comme une bête de somme, un cheval tirant le soc. À part ça, je me sentais sans consistance. Il m'a fallu beaucoup de temps pour résoudre la contradiction entre la position du zénith, où l'on sent la loi resplendir au-dessus de sa tête, et le désir de désobéissance, qui incite à rompre les rangs. La solution consistait à fixer ses propres règles.

Le 8 mars 1988, à l'âge de 14 ans et demi, en présence de mes parents émus et de mon frère goguenard, je me rase la moustache pour la première fois de ma vie. L'événement figure dans mon journal d'enfance, rouvert pour l'occasion.

22

Porno sans scénario

La bibliothèque de mes parents, qui occupait un mur entier de leur chambre, en face du lit conjugal, était classée par ordre alphabétique d'auteurs. Dans les quatre rayonnages consacrés à la littérature moderne – le cinquième étant réservé aux Anciens, dans la collection bilingue Budé de ma mère –, le découpage devait être le suivant :

	Littérature moderne			Littérature ancienne
A	F	M	T	
				Grecs
				Latins
E	L	**S**	Z	

J'ai indiqué en gras l'emplacement des deux lettres dont je suis absolument sûr. Pourquoi cette certitude ? Parce que *Les Onze Mille Verges* d'Apollinaire étaient rangées en haut à gauche ; *Les 120 Journées de Sodome* du marquis de Sade, tout en bas, à portée de main.

Cette littérature pas vraiment interdite m'a enseigné des termes délicieusement démodés, « con », « vit », « troufignon », « emmancher », « gamahucher ». Elle contenait des descriptions longues, précises, incroyables, singulièrement techniques en même temps que dialoguées, offrant un mélange de sexe et de violence, de plaisir et de meurtre, jets de sperme ou de sang qui me remplissaient de culpabilité. Je ne savais pas s'il était grave ou indifférent que je me plonge dans ce genre de fictions.

Sade écrivait au siècle des Lumières, Apollinaire à la Belle Époque : on voit que la pornographie a un long passé derrière elle. À peine inventé, le cinéma a exploité le filon, par exemple dans le court métrage muet *Après le bal* de Georges Méliès. Il s'agit d'ailleurs plutôt de scènes coquines de déshabillage et de nudité. D'autres productions de « charme » ont marqué leur temps : la revue *Playboy* fondée en 1953 ou le film *Emmanuelle* en 1974, avec sa célèbre affiche représentant l'héroïne seins nus et en bas blancs, assise dans un fauteuil en rotin.

À la différence de l'érotisme qui suggère, la pornographie exhibe, parfois en gros plan, les organes génitaux engagés dans les actes de pénétration. Les « guerres pubiques » que se sont livrées entre 1965 et 1975 le *Playboy* d'Hefner et le *Penthouse* de Guccione (dont j'aurai à reparler) ont contribué à faire reculer les frontières du montrable, en l'occurrence la toison pubienne des playmates. Mais la nudité intégrale a été bientôt remplacée par une nouvelle norme, l'épilation intégrale, annonçant le triomphe du *gonzo* qui a envahi Internet à la fin des années 1990. Ce style de porno sans scénario, enchaînement de performances anatomiques, ferait presque passer *Gorge profonde* pour un film d'art et d'essai.

J'ai intimement vécu la démocratisation du porno – facilité d'accès, diversification des supports, naissance d'une « culture X » partagée par un grand nombre d'hommes et même d'adolescents –, juste avant l'explosion des sites Internet gratuits ou payants. Sous mes yeux, pour ainsi dire, il est devenu un fait de société :

– mon frère possédait une collection de *L'Écho des savanes,* dont la nouvelle formule, à partir de 1982, contenait quelques pages de bandes dessinées érotiques par Milo Manara, Alex Varenne et d'autres maîtres du genre ;

– les films X, projetés dans de petites salles crapoteuses « pour messieurs », étaient annoncés dans *L'Officiel des spectacles* dans une rubrique tout aussi officielle ;

– dans l'émission *Cocoricocoboy,* juste avant le journal télévisé du samedi soir, une playmate offrait un strip-tease au cours duquel, en se trémoussant, elle découvrait ses seins et ses fesses ;

– à partir de 1985, tous les premiers samedis du mois, Canal+ diffusait un film porno crypté qui avait pour titre *Tendres Souvenirs d'une bouche gourmande, La Femme objet, Les Sept Derniers Outrages* ou *Hôtesses très intimes,* avec des personnages tels que la « soubrette affriolante » ou la « jeune fille dans un bordel des années 1900 » ;

– pour le prix exorbitant de 1,29 franc par minute, le Minitel, dit « Minitel rose », proposait des services de conversation et de rencontre, par exemple le 36 15 Ulla, vanté à la ville comme à la campagne par d'immenses affiches aux slogans sulfureux, « À quoi rêvent les hommes ? », « Le diable au corps » ou encore « Laissez-vous aller ».

Ce n'était pas grand-chose, surtout en comparaison de ce que l'on trouve aujourd'hui ; mais c'était un début.

Nagai Gō, le père de *Goldorak*, est l'auteur de deux mangas qui ne sont pas sans rapport avec l'univers du X. Publié en 1968 avant d'être adapté en série télévisée érotico-comique à l'intention des jeunes, *Harenchi Gakuen* (*L'École scandaleuse*) se déroule, comme son nom l'indique, dans un établissement scolaire aux pratiques choquantes. Les professeurs, tous cinglés ou pervers, font classe à des écolières en soutien-gorge. Parodies et chahuts alternent dans une atmosphère d'hystérie collective. Une fille ne peut pas passer devant un groupe de garçons sans qu'ils soulèvent sa jupe pour voir sa culotte. La série étant très populaire dans le Japon des années 1970, surtout chez les garçons, ce type d'agression est devenu à la mode. Logiquement, *L'École scandaleuse* a fait scandale et plusieurs associations de parents ont réclamé son interdiction.

D'un pessimisme radical, *Devilman* (1972) défend l'idée qu'on combat le mal par le mal. Pour protéger l'humanité contre les monstres qui l'assiègent, le craintif Akira devient l'un d'entre eux. Avec ses nouveaux superpouvoirs, Devilman peut alors les détruire : il les décapite, leur arrache la mâchoire ou leur transperce la poitrine à l'aide de son poing, comme Goldorak. Mais, les démons ayant eux-mêmes la capacité de prendre forme humaine, les gens se mettent à se méfier les uns des autres et les chasses aux sorcières commencent. La bien-aimée de Devilman finit massacrée par ses voisins. Et le héros, déçu, de s'interroger : « L'humanité vaut-elle la peine d'être défendue ? Non. » Celle-ci s'éteint alors dans la guerre civile.

Cette œuvre de Nagai Gō n'est pas érotique, mais le spectacle de l'horreur est fascinant et sadique au sens propre du terme. Avec ses muscles turgescents et sa virilité démultipliée, Devilman prend plaisir à massacrer, tout comme, dans un film porno, les hommes jouissent de pilonner le corps des femmes. Gerbes de sang, ici ; éjaculations faciales, là. Les deux genres se rejoignent dans le *hentai*, dessin animé porno aux accents fétichistes où, par exemple, une femme est triplement pénétrée par les tentacules d'une pieuvre géante.

Ne connaissant pas la série *Harenchi Gakuen* ni le genre du *hentai*, n'ayant jamais vu un film X, ni en salle puisque j'étais mineur, ni à la télévision puisque mes parents n'avaient pas Canal+, ni sur Internet puisque ce média n'existait pas, j'avais une connaissance très limitée de cette galaxie. Pourtant, elle se profilait sur mon horizon. Né en 1978, prix Goncourt en 2018 pour *Leurs Enfants après eux*, Nicolas Mathieu déclare dans un entretien : « C'est un vrai sujet, la branlette, très consubstantiel de l'identité masculine. Comme tous les adolescents, j'ai consommé beaucoup de porno. Je me souviens de grands moments en VHS avec Christy Canyon et Ashlyn Gere, et puis les films de Canal en crypté que je regardais... en crypté ! » Même si des autrices comme Virginie Despentes et Claire Richard ont eu le courage d'évoquer leur goût pour le X, celui-ci demeure une expérience essentiellement masculine, une composante de la garçonnité.

La tendance est allée en s'accentuant. Objets de consommation courante, accessibles gratuitement et en dehors de tout contrôle parental, les contenus classés X occupent aujourd'hui une place assez importante dans la socialisation des garçons, et ce, dès le collège. Une étude réalisée en 2017 démontre, sur un échantillon d'un millier de jeunes âgés de 15 à 17 ans, que 63 % des garçons et 37 % des filles ont déjà surfé sur un site pour y voir des images ou des films porno, l'âge moyen du premier visionnage se situant autour de 14 ans.

Il est difficile d'analyser l'univers du X sans tenir compte des reproches mérités qu'il s'attire : représentation faussée de la sexualité, message misogyne, exploitation et humiliation des comédiennes. Cette condamnation est absolument justifiée, mais, à considérer que la pornographie est un mal et que ses consommateurs sont des obsédés ou des agresseurs en puissance, on s'empêche de voir que, comme le suicide sous le regard de Durkheim, elle est un fait social à étudier en tant que tel.

PORNO SANS SCÉNARIO

Au lieu de définir la pornographie comme la représentation de choses obscènes, on peut renverser la perspective et se demander pourquoi les hommes – tout particulièrement les garçons – y viennent et y reviennent. D'où cette autre définition, plus compréhensive : la consommation pornographique est le plaisir que l'on tire du spectacle de l'activité sexuelle d'autrui. Le X serait donc une forme de voyeurisme, mais médiatisé par un texte, un dessin, une photo ou un film. Dès lors, on peut lui annexer d'autres pratiques, comme la violation de l'intimité, fantasme masculin qui consiste à voir « sous les jupes des filles », titre d'une chanson d'Alain Souchon, ou à filmer des femmes aux toilettes, dans les cabines d'essayage, dans les piscines, selon le principe du *molka* en Corée du Sud. Et l'on peut même, avec Laura Mulvey, identifier la caméra hollywoodienne à un œil tacitement masculin occupé à détailler des corps féminins sexuellement attirants. Ici et là, l'homme jouit de regarder.

Alors, pourquoi le X ? Parce qu'il donne du plaisir, stimule l'imaginaire, offre une leçon de choses, alimente une banque d'images personnelles. On peut recourir à la psychologie de l'évolution pour expliquer le succès de la pornographie chez les hommes, qui ont un intérêt biologique à multiplier le nombre de leurs partenaires. Fait de nature, peut-être, mais aussi fait social : alors qu'une *relation* sexuelle procure du plaisir au moyen et au cœur d'un rapport humain, le porno offre un plaisir *non relationnel*, sans dépense sociale, sans l'embarras d'une interaction, sans le risque de tomber amoureux, sans la possibilité d'un échec – et l'on comprend que ceci représente un grand avantage aux yeux des adolescents.

Le X promeut une culture visuelle et auditive qui, si elle n'a aucun rapport avec la réalité du plaisir féminin, n'en demeure pas moins cohérente, propre à susciter l'excitation des spectateurs masculins et à maximiser leur satisfaction. Mais le miroir où ils se regardent, celui de la domination, les renvoie à leur petitesse et à leur solitude. En ce sens, la performance de genre est une école de repli.

Pour ma génération, la découverte du porno a été concomitante de l'apparition du sida. Bien sûr, la pandémie n'a pas bouleversé immédiatement les comportements. En 1987, interrogé dans un reportage, un lycéen de 17 ans répondait avec flegme : « On ne s'en rend pas compte, c'est presque abstrait. » Un autre à côté l'approuvait : « Personnellement, ça ne me fait pas peur. » Moi, à 14 ans, j'étais tétanisé d'avance. Non encore découvert, le sexe devenait un danger, un mystère mortel qu'amplifiaient les campagnes en faveur du préservatif. Dans un spot télévisé diffusé la même année, un jeune homme déclarait qu'il est « facile de se protéger », avant de briser un graphique figurant le développement de la maladie. Slogan : « Le sida, il ne passera pas par moi. »

Je suis de la génération porno comme je suis de la génération sida, individu dont le désir, l'intimité, la sexualité ont été façonnés par des structures sociales. Prolifération du sexe, d'un côté ; devoir de prévention, de l'autre. Ici, une liberté ; là, une contrainte. Quelque chose en plus ; quelque chose en moins. Je suis aussi de la génération naturiste. Alors que la Bédoule neutralisait les attributs sexuels à l'ombre des pins parasols, le X transformait les vagins et les pénis en marchandises. Pourtant, il y a un point commun entre le monde du naturisme et celui de la pornographie : la nudité y est absolument normale. Parce qu'ils inaugurent pour moi l'ère du sexe, et du sexe répréhensible, le porno et le sida marquent la fin de mon enfance.

Après le tabac, l'alcool et la drogue, la maladie sexuellement transmissible introduisait un nouveau risque dans l'existence. Comment jouir tout en restant en bonne santé ? Eh bien ! en consommant du X. Par sa logique non relationnelle, il offrait la jouissance sans la maladie, l'orgasme sans la mort – sorte de régime dérogatoire qui abolissait en même temps la pudeur et l'angoisse. Avec ses organes exhibés, ses corps sans secrets, les mêmes scènes qui recommencent comme une névrose, il provoquait davantage qu'un effet de fascination : un effet de sidération, avec un contrecoup anxiolytique. Ce coup d'État sexuel se déroulait en plusieurs étapes : tabou que l'on enfreint, violence que l'on s'inflige, plaisir que l'on se donne, soulagement que l'on éprouve.

Le préservatif protège du sida, tandis que le porno protège du monde. L'un est une assurance contre la mort ; l'autre, contre les vivants. Finalement, ces deux objets avaient les mêmes conséquences : le plaisir sans le risque de l'autre, c'est-à-dire l'érection d'une forteresse, voire l'érection comme une forteresse.

23

Mot à mot, cœur à cœur

Parler, aimer : deux verbes synonymes. Les mots comme un aveu, un dévoilement de soi. Les mots pour se livrer tout entier. À ce titre, je ne souscris pas complètement à la conception de la transparence selon Rousseau : il a l'espoir que ses sentiments pénètrent « d'un cœur à l'autre sans le froid ministère de la parole », alors que les beaux parleurs, pour lesquels il n'a que mépris, discourent à loisir, par loisir, grâce à leur esprit qui leur fournit sans cesse « des pensées neuves, des saillies, des réponses heureuses ». La parole, usurpant la place des sentiments, est une supercherie.

Moi au contraire, j'aime parler, parler pour séduire, séduire par les mots. Je ne sais pas si je parle parce que j'aime, ou si j'aime pour prendre la parole sur la scène de ma vie. J'aime une fille, j'aime parler, j'aime lui parler et j'aime la façon dont je lui parle. Je veux séduire, mais séduire par mon éloquence, mon humour, mon originalité ; être aimé parce que drôle et sensible ; conquérir par l'esprit. Bien sûr, je brûle d'embrasser celle dont je suis amoureux, mais, avant d'être lèvre à lèvre, il me faut être mot à mot, cœur à cœur. Où l'on retrouve Rousseau. Plutôt Saint-Preux que Valmont.

Quand j'étais enfant, il y avait un jeu intitulé « Action ou Vérité ». Son principe : dans un groupe composé de filles et de garçons, chacun a le droit de lancer à la personne de son choix un défi physique ou verbal. Par exemple, « Embrasse X sur la bouche », c'est le défi d'action. « De qui es-tu amoureuse ? », c'est le défi de vérité. Mon gage favori était d'être sommé de dire la vérité. Rousseau est embarrassé par la parole ; moi, par les gestes, et c'est pour cela que je parle – trop. Comme l'Adolphe de Benjamin Constant, il me semble que je n'ai qu'à parler pour réussir.

J'envoie aux filles des petits mots spirituels en classe, je les assaille de jeux et de poèmes, je les attendris par mon lyrisme, je les impressionne grâce à mon respect des traditions courtoises, je leur glisse des sous-entendus qui sont des compliments au troisième degré, je leur fais des confidences et j'essaie de recueillir les leurs, je leur expose mes théories sur la vie, je les questionne sur leur famille, leurs frères et sœurs, leurs activités, leurs goûts, l'ameublement de leur chambre. Conversations à visée sentimentale, allusions savantes, commerce des âmes, langage à double entente traduisent une conception littéraire et dès lors platonique de l'amour.

Je suis sensible à la blondeur, au teint lumineux, aux cheveux relevés en chignon qui dégagent la nuque, mais aussi à une robe légère ou à des collants. Comme Jean et Antoine en classe de quatrième, je rêve d'embrasser une fille dans la salle obscure d'un cinéma qui projetterait un Truffaut ou un Woody Allen, mais mon premier désir n'est pas le contact physique ; j'essaie plutôt d'instaurer une complicité, une atmosphère d'abandon et d'aveux. La plus enivrante intimité est verbale.

Il ne faut pas être grand clerc pour deviner les résultats désastreux de cette « politique » que j'ai mise en œuvre depuis la sixième jusqu'à la fin de l'hypokhâgne, soit pendant huit ans.

Mon bla-bla me place directement dans la position du bon ami à qui l'on confie ses joies, ses peines, ses secrets et – humiliation suprême – ses espérances amoureuses. Comme à cause de mes minauderies et de mes déclamations, la masculinité elle-même me fait défaut, je deviens la meilleure copine de celle que j'aime comme un garçon. Pire encore : lorsque je l'interroge sur sa famille, avec l'inavouable désir d'être admis dans sa goyitude, la fille est d'abord amusée, puis décontenancée, gênée, enfin carrément rebutée, et je deviens le meilleur gendre du monde avant d'avoir reçu le moindre smack.

Enfin, à supposer que j'aie réussi à lui plaire, je me révèle incapable d'agir, contrairement à Julien Sorel qui jure de se brûler la cervelle s'il n'a pas saisi la main de Mme de Rênal quand sonneront dix heures. Depuis le collège, je sais que je suis « mal fringué » et « banal ». Par surcroît, je n'exprime jamais mon désir, et c'est cela aussi qui me rend non désirable. Ma manie de la parlotte me dépouille de tout mystère. Sous prétexte d'honorer la belle, je l'entretiens de tout sauf de mon amour et, tandis que je me crois mélancoliquement attirant comme le Beau Ténébreux, je me révèle aussi saugrenu que Don Quichotte.

Parlons maintenant de mes modèles, des hommes auxquels j'aimerais ressembler. Il me faut renoncer aux rôles qu'interprète Harrison Ford dans *Star Wars*, *Indiana Jones* et *Witness*, même si, dans ce film, j'adore la scène où il lave les humiliations subies par les Amish en cassant le nez d'un voyou. J'aurais bien aimé être un séducteur viril et assuré, capable de sortir le grand jeu, mais je n'étais qu'un beau parleur, et même un moche parleur. De ce fait, le cinéma de Truffaut est un miroir qui m'embellit : un garçon un peu gauche, un peu perdu, mais terriblement charmant, étire ses phrases afin de séduire la jeune fille en même temps que ses parents. Peu importe s'il ne réussit pas à coucher avec elle ; les livres qu'on révère, les citations bien placées, le romantisme, la tendance à vivre dans ses rêves sont une jouissance à part entière.

En novembre 1989, au début de mon année de première, la sortie d'*Un monde sans pitié*, le premier film d'un jeune réalisateur de 28 ans, Éric Rochant, m'a littéralement bouleversé. Le synopsis : Hippo, un glandeur sans avenir, vit une histoire d'amour impossible avec Nathalie, une bosseuse de Normale Sup. Trente ans plus tard, c'est toujours avec la même émotion que j'entends certaines répliques, que je revois certaines scènes pour la douzième fois, Hippo qui marche dans la rue en souriant aux nanas, la tour Eiffel qu'éteint à minuit son claquement de doigts.

Pourquoi ce film m'a-t-il tant fait rêver ? Certains ont dit à juste titre qu'il illustrait le passage de l'espoir révolutionnaire, celui des ouvriers lisant *L'Huma*, à la désillusion née de la crise, avec ses trois millions de chômeurs dans la France du Marché commun. Dans ce deuil des utopies, il n'y avait plus que l'amour. Mais ce n'est pas cette philosophie, ni la poésie de Paris dont tout le film est illuminé, ni son air de nouvelle Nouvelle Vague qui m'ont émerveillé. C'est l'autre vie qu'il faisait miroiter à mes yeux.

Objectivement, tout me faisait ressembler à Nathalie, juive, intello, première de la classe, que la voie des études promet à une vie sérieuse et rangée. D'elle, le meilleur copain d'Hippo dit : « Elles sont complètement chtarbées, les Ashkénazes ; dès qu'elles cessent de travailler, elles ont peur qu'on vienne les arrêter pour les foutre en camp. » Bien dit ! Et ça valait pour moi aussi. Pourtant, je m'identifiais puissamment à Hippo, avec qui je n'avais rien en commun. Vraiment rien : mec fauché, pas de travail, pas d'horaires, pas de projets, aucune perspective, hormis une vie passée à fumer des clopes et à jouer au poker – mais beau, drôle, irrévérencieux, plus désenchanté que cynique.

Dialogue entre Nathalie et Hippo :

– Qu'est-ce que tu fais dans la vie ?
– Que dalle.

– T'es pas étudiant ?
– Ben non.
– Tu travailles ?
– Non.

Un loser qui n'avait plus que l'amour. Moi j'avais tout, sauf l'amour. Je m'étais mis à bosser, je n'avais plus le temps de faire autre chose. J'étais sur les rails : les possibles, défilant de chaque côté, se perdaient derrière moi qui fonçais vers la prochaine gare, le bac, la prépa. Les journées d'Hippo s'écoulaient, tranquilles et vides, alors que les miennes étaient remplies jusqu'à la gueule. La mécanique tournait à plein régime. Je n'étais libre que de me précipiter vers un but ; il était libre de ne rien faire, après avoir renoncé à tout le reste.

J'aurais tant voulu être lui, sourire comme lui, draguer comme lui, fumer comme lui, être indifférent comme lui, vivre sans souci du lendemain, parler avec les mêmes mots (« putain » à toutes les phrases, « tu vas virer ta bagnole ? », « c'est pas nous, les bandits », « allez on se casse »), et ma jeunesse aurait été un film, j'aurais marché dans la rue, le nez au vent, échangeant des sourires avec les filles, j'aurais eu beaucoup de succès, et cela aurait été fort, intense.

Hippo n'avait pas peur d'exprimer son désir :

Reste avec moi.
Reste. Je t'en supplie, reste.
C'est toi que je désire.

D'autant moins apte à la violence qu'il était désarmé et désarmant, Hippo affichait la douceur des vrais romantiques, qui tranchait avec les pseudo-virilités du cinéma hollywoodien où les hommes forcent les femmes quand ils n'arrivent pas à les subjuguer. *Un monde sans pitié* me faisait entrevoir, au-delà d'une vie amoureuse indépendante, un modèle de mec, frêle physiquement, si vulnérable dans ce « monde sans pitié » qu'il ne pouvait séduire que par son humour et son désespoir transformés en mode d'existence, sa précarité elle-même le rendant attirant.

J'avais beau me laisser pousser les cheveux, faire des blagues follement drôles, marcher dans la rue avec nonchalance, je n'étais aimé de personne. C'était incompréhensible : quelle qualité me manquait-il ? Je savais faire des dissertations, des poèmes, des exercices de maths compliqués, des devoirs de physique à 9 heures du matin, je savais tout faire – sauf dire à une fille que j'étais amoureux d'elle. On prétend que les hommes doivent « faire le premier pas » ; à cet égard, je ne savais pas marcher.

24

Des alexandrins comme de la musculation

Depuis que je sais écrire, j'écris. Dans les archives que m'ont constituées mes parents, on trouve à la date du 17 mars 1980 « une istoire de 9 paje, et une istoire de daniel et valérie, fê par ivan jablonka ». Nous habitons en Californie, j'ai 6 ans et demi. Extrait : « bon dit maman on va manjé la pidisia. cric crac croc maman a coupé la pidisia et comanson a manjer. » Comme il est précisé sur la couverture, le livre coûte un dollar.

À l'âge de 8 ans, j'adresse à mes grands-parents maternels une lettre, reproduite au début de *Histoire des grands-parents que je n'ai pas eus*, dans laquelle je promets que leur souvenir sera perpétué par mes petits-enfants quand j'aurai disparu.

Au printemps 1982, sur la machine à écrire de mes parents, j'entreprends de taper l'histoire du roi Mi-Renard pour l'offrir à ma grand-mère, qui me l'a rendue il y a quelques années, avant de mourir :

> Il était une fois un roi, oui un roi, qui vivait heureux avec sa femme, son fils et ses quatre

bassets. Il avait une bonne armée de 93 336 589 785 432 123 217 689 675 soldats, il les avait comptés. Il avait un beau royaume avec une pièce à lui. Cette pièce n'était pas normale, il y avait un puits tout au milieu, mais personne n'osait y aller. Un jour, il décida d'y aller.

S'ensuivent des aventures rocambolesques qui mènent le roi Mi-Renard jusqu'en Chine. Qu'on me permette d'interpréter arbitrairement cette épopée comme la parabole d'un enfant épris de comptes exacts – soldats ou victimes – qui voudrait s'arracher au confort de sa vie pour descendre dans le puits tragique de la quête.

En sixième, avec un camarade, nous remettons à la prof de français (celle qui m'a puni d'une heure de colle pour insolence) un récit intitulé *Un tigre qui devint heureux*. L'animal sort du tableau où il est peint, puis quitte le musée pour aller retrouver les siens dans la jungle.

À ces histoires de demi-renards et de gentils félins a succédé mon journal de bord de 1985, compendium sans intérêt de mes cours en 6^{e}1 et en 5^{e}1. Enfin, ce sont des poèmes de circonstance en lien avec des événements familiaux. À l'occasion de son anniversaire, j'écris à ma mère un poème en alexandrins tout à mon éloge. Il raconte comment l'Éternel, un vieillard tout de blanc vêtu et précédé d'un panache de fumée, annonce à ma mère enceinte qu'elle est une « femme chanceuse » :

le minuscule être qui lui inflige un « martyre ventral » sera « le plus intelligent, le plus spirituel et le plus ravissant » enfant de l'univers.

Ce poème, qui se veut drôle, me rend triste aujourd'hui. Le plus beau cadeau que je pouvais faire à ma mère pour son anniversaire, c'était moi. À l'occasion de ce livre, quand je lui ai montré ce poème depuis longtemps oublié, elle m'a répondu, songeuse : « C'est la méthode Coué : "Je suis doué de toutes les qualités, puisque tout le monde le dit." C'était dur pour toi de répondre à cette image qu'on t'offrait. » Le fétichisme de mon nom n'indiquait pas tant une prétention à la postérité que l'attente de la mort.

Ivan Jablonka
(1973-   )

Quelque chose change en 1988, pendant mon année de seconde. Désormais, j'écris régulièrement et sur des thèmes – l'amour, mon ennui en classe, mes aspirations, la beauté – qui me concernent personnellement. Un poème dédié à deux filles de ma classe raconte comment des « déesses de vie » à la « beauté ineffable », à la « peau douce » et à la « voix de miel » ont été réincarnées en lycéennes. En fait, cette déclaration ne vise que l'une d'elles, une gentille blonde qui porte des salopettes, car l'autre vit une passion orageuse avec mon copain Fred ;

mais, pour mieux brouiller les pistes, je les divinise toutes les deux ensemble.

En terminale, pour la fille dont je suis amoureux, je compose un double acrostiche dont les premières et dernières lettres forment verticalement son prénom, le tout parsemé d'« amour qui gronde », de « leitmotiv » et de « foi charnelle ». Ou alors je lui demande de me fixer des contraintes stylistiques dans le genre de l'Oulipo, pour la voir inscrire ses commandements sur mon agenda, comme si, de sa plume, elle soumettait mon âme. Exemple : un poème sans les lettres O et M, mais avec les mots « table », « idée », « neige » et « feuille ».

Ce sont donc des « poèmes pour elle » et, après leur piteux échec, des « poèmes pour moi » : introspection douloureuse, mélancolie que m'inspire la fuite du temps, mais aussi serments à la « langue française, ô cruelle », complaintes de l'élève qui s'ennuie, griefs contre les maths et la physique, lassitude de vivre derrière les murailles du lycée Buffon – tout cela exprimé avec force purismes. En classe de première, grâce à une prof enthousiasmante, je découvre les *Fêtes galantes* de Verlaine, mais ma veine est plutôt hugolienne, avec de longues épopées en vers. Baudelairienne : « Un ennui immortel et ses sangsues despotes / De mon âme blasée sucent l'unique espoir. » Parfois rimbaldienne : « Dans mes ailleurs, l'herbe est rouge. » Je transfigure mes trajets en métro, le matin à l'heure de pointe : « Emporté par le ver bleu qui creuse son trou / Dans la nuit frémissante aux étoiles sonores / J'entrouvre lentement mes yeux où brille encore / Un rêve merveilleux. »

Ce sont mes productions des années lycée. Le style en est souvent emphatique, incrusté de passés simples et de termes rares qui rehaussent des sentiments que je ressens à peine, hormis l'ennui en classe. Mes adverbes sont interminables. Je fais des alexandrins comme d'autres font de la musculation. L'exagération est devenue mon système : les ténèbres se referment sur moi, je bois le calice du désespoir jusqu'à la lie, je m'enfonce dans le silence sépulcral et, à la fin, j'embrasse avec ferveur. Mon copain Antoine évoque, dès l'époque du collège, « ta mauvaise foi quand un prof te reprochait une trouvaille langagière incorrecte, à la syntaxe tirée par les cheveux, ou une formule très ampoulée : tu défendais ta création pied à pied, refusant de céder, même quand l'évidence de l'outrance s'imposait ».

J'élis domicile dans la littérature du XIXe siècle, j'apprends par cœur « Le bateau ivre » en même temps que le *Dictionnaire des difficultés de la langue française*, pour être admis dans le cercle des poètes maudits. Si encore j'en avais adopté les manières provocatrices ou le goût du haschisch ! Mais non, je n'en ai retenu que l'exhibition de soi, le désespoir imaginaire, la prétention d'être incompris ; je n'ai fait que singer les tics des symbolistes, ce qui donne, avec le recul, l'impression d'une incurable inauthenticité.

Aujourd'hui, je suis partagé entre la honte et la sympathie. Ce garçon mal dans sa peau, c'était moi à 15 ans. Le sentiment d'être seul ne me quittait pas. Je me vois, avenue de Breteuil, prostré sur un banc, face aux pelouses que j'ai longées après avoir échappé au lycée à la pause de midi ; à la cantine, seul à table, regardant d'un œil vide l'affiche d'une exposition intitulée *L'Or des Scythes*.

Relisant ces poèmes, j'ai aussi la tentation de l'indulgence parce que, tout de même, je me choisissais de bons modèles, imités avec vénération, comme au Louvre un apprenti avec son carnet. Excellent fils, élève appliqué, disciple plein de zèle, parfois découragé. J'éprouvais, comme dit Borges, mon premier « désespoir d'écrivain » : il n'est pas facile de dire les choses. Du reste, je n'étais pas complètement dupe. Un « recueil de poèmes » commencé en novembre 1988, au début de la seconde, porte dans la marge ce commentaire de ma main : « Trop verbeux et adjectiveux. » L'annotation indique une certaine prise de conscience, à moins qu'elle ne traduise le plaisir d'analyser mes propres textes comme un critique, après avoir fait de la Littérature comme un Auteur. Je pense que j'avais le sentiment de ma vacuité, mais celui-ci ne devait pas gâcher la fête.

Comme je l'ai dit, je n'ai pas fait de crise d'adolescence. La société ne me rejetait nullement, un verre d'absinthe m'aurait effrayé. Pas d'album zutique. J'étais du côté des parents, des profs, de la règle, de l'histoire, je n'avais aucun désir de les contester. Le malheur de mon père m'avait-il vaincu, ou bien étais-je sans force ? Pourtant, mon admiration pour Rimbaud et Verlaine a fait circuler en moi un sang noir, désir de révolte, flux de colère, qui a irrigué plus tard mon refus des orthodoxies. Le matin du bac de français, alors que j'étais déjà sur le palier, bien décidé à montrer aux examinateurs ce que je valais, ma mère m'a soufflé dans l'entrebâillement de la porte : « La littérature est avec toi. »

Les fortes doses de maths, de physique et de chimie que je devais ingurgiter en 1ère S « scientifique » me donnaient la nausée, mais, sans que j'en aie conscience, elles diversifiaient mon régime alimentaire en m'apportant les prémisses du raisonnement analytique qui me faisait défaut. Le cours de chimie organique m'assommait avec ses familles d'hydrocarbures (alcane, alcène, alcyne, si j'ai bonne mémoire) et ses formules indiquant, pour une molécule donnée, le nombre d'atomes et la nature de leur liaison.

Toutefois, c'est à cette époque que, grâce à la prof et à mon père qui a dû me réexpliquer tout le cours, j'ai fait la découverte du tableau de Mendeleïev, dit « tableau périodique », qui présente l'ensemble des éléments chimiques classés par numéro atomique. Il en est résulté pour moi une révolution mentale, et celle-ci devait transformer à la fois ma compréhension du monde et mon écriture, la seconde découlant de la première. Par exemple, l'acide phosphorique, composé de trois atomes d'hydrogène, d'un atome de phosphore et de quatre atomes d'oxygène, a pour formule H$_3$PO$_4$ ou

$$\begin{array}{c} O \\ \parallel \\ H-O-P-O-H \\ | \\ O \\ | \\ H \end{array}$$

De même que tout, dans la nature, est une combinaison d'un ou plusieurs éléments simples parmi quatre-vingt-douze, principalement l'oxygène, l'hydrogène, le carbone, l'azote, le phosphore, le soufre et le calcium, de même il m'est apparu que tout individu est composé d'éléments immuables, origine, genre, classe, ethnicité, éducation, valeurs, pour ne citer que les plus évidents, dont le poids et l'ordonnancement fixent l'être social. Ces éléments universels structurent notre existence unique. Dans *Le Système périodique*, Primo Levi a l'intuition géniale de fonder l'histoire sur la chimie. Tous les événements de sa vie s'organisent autour de métaux et de non-métaux : l'argon rare comme ses ancêtres juifs, le cérium des pierres à briquet fabriquées clandestinement à Auschwitz, l'azote nécessaire à la production de rouge à lèvres après la guerre, etc.

Et moi, quelle molécule formais-je ? Pour répondre à cette question, il fallait être capable d'identifier les ingrédients de base historiques, sociologiques ou géographiques qu'on retrouve en chacun de nous. Le miracle a eu lieu trois ou quatre ans plus tard. Car ce sont les disciplines découvertes en hypokhâgne – l'histoire comme étude des faits et problème intellectuel, la sociologie et sa dimension collective, les statistiques, la démographie, l'économie, l'explication de cartes en géographie, toutes ces sciences de l'exactitude et de la rigueur – qui m'ont à la fois expliqué le monde et guéri de la boursouflure. Notre vie, ma vie était un système à étudier en tant que tel, avec la plus grande clarté d'expression. Je n'ai pas souvenir d'avoir écrit, pendant toute la décennie 1990, entre la prépa et la thèse, autre chose que des dissertations fondées sur des connaissances et des raisonnements.

Cette traversée du désert, commencée à l'âge de 18 ans, a aminci la silhouette de mon écriture, m'obligeant à soigner mon métabolisme défaillant ; car Baudelaire et Rimbaud, ingérés par moi, devenaient de la guimauve. Quand l'asséchante randonnée a pris fin, tout mon gras avait disparu. Les mirages s'étaient évaporés. Ne restaient que les constructions du réel et les muscles de l'endurance.

25

J'écris pour les filles de la cour de récré

Certains auteurs allèguent qu'ils écrivent par besoin existentiel, nécessité vitale, amour des lettres. Je les crois volontiers, mais j'aime quand les sociologues leur rétorquent : prestige social, accès à la sphère publique, autorité de l'« écrivain », aura du « prophète ».
Pour moi, l'écriture n'est ni une vocation, ni un métier, mais une activité intellectuelle et même physique, de celles qui permettent de rester en mouvement, c'est-à-dire en vie. L'écriture est mon sport. Le sprint, le 5 000 mètres, le marathon me rappellent trop la compétition scolaire, où l'objectif est d'arriver premier après avoir surclassé les autres. Un ballon de foot rebondit et fuse à travers mon enfance, mais je suis incapable d'écrire en équipe. Quand je dis « les muscles de l'endurance », cette métaphore toute virile renvoie non pas au bodybuilding, mais à la sobriété, à la densité, à la *brevitas*, à une méthode incarnée dans un texte.
Aujourd'hui, j'aime écrire dans ma tête en nageant le crawl, filant droit devant moi, léger comme un voilier, effilé comme son étrave, sans rien qui dépasse

ni alourdisse, et c'est ainsi que je m'efforce d'affûter mon style. Bien sûr, on ne se guérit jamais complètement de soi-même : les adjectifs me font parfois envie comme la vue d'un pot de Nutella fait saliver un ancien boulimique.

J'écris donc comme je nage, pour ne pas couler, pour fendre l'élément qui m'enveloppe et échapper à la position que j'occupais une demi-seconde auparavant. La natation me communique sa fraîcheur et son énergie, grâce auxquelles je peux me fuir moi-même tout en traversant mon milieu aquatique, les grandes questions de ma vie. Je l'ai dit ailleurs : j'écris pour dire des choses vraies, pour rendre manifeste la présence des absents. Mais ma croyance dans cette mission repose sur un désir d'ordre psychologique et social : ne pas rester seul.

La chronologie de mon activité d'écriture est sans équivoque : l'entrée en seconde, à l'automne 1988, marque l'éclatement de la grande fratrie de la 3ᵉ 1, la rupture avec la bande de Clamart, le départ de Jean, Antoine, Solène, Patrick et Fred. Alors que je me rêve en Don Juan, l'équation « parler, aimer » se révèle un pari perdu. À la place, je travaillerai, en classe comme en littérature, « j'écrirai » – promesse faite à moi-même, planche de salut à laquelle s'accroche le sous-poète à la dérive, stratégie pour remplacer les amoureuses qu'il n'a pas et les amis qu'il n'a plus.

C'est l'une des séquelles de mon enfance choyée : lorsque le petit garçon paraît, il est fêté, applaudi, mais lorsque l'ado paraît, il ne rencontre plus aucun succès, aucune fille ne le remarque, il est un néant sur pattes. Quelle surprise pour le jeune prince, avec son complexe de supériorité bien chevillé au corps, habitué à ce que l'on ovationne ses moindres gribouillis, et qui se retrouve maintenant en situation d'échec, rejeté et ridicule ! C'est une impasse dont je suis sorti à ma manière, par le haut : « J'écrirai, je réussirai et je reviendrai plus fort. » On le voit, mes velléités d'écriture étaient animées par la libido, ainsi que par la volonté un peu agressive d'échapper à l'insignifiance. Se dévoiler, séduire : la littérature devenait convoitable.

Voici une preuve, parmi d'autres, que mes désirs d'écriture suppléaient à ceux que je ne pouvais assouvir en amour. J'ai retrouvé un projet de roman, griffonné au dos d'une carte postale représentant un tableau de Caillebotte, découvert lors d'une exposition au Grand Palais en 1994, et qui raconte les mésaventures d'un séducteur raté :

1. Travail, élève sérieux.
2. Amour. Arrête de travailler, la suit, l'aime.
3. Échec. Retour au travail.

Pour moi, l'écriture n'est donc pas seulement austérité et *brevitas*. Elle m'emporte comme un acte d'amour, le sentiment généreux qu'on éprouve enfant : amour pour les pupilles de l'Assistance publique, pour les abandonnés et les orphelins, pour les petits exilés de l'île de la Réunion, pour Laëtitia et Jessica, pour mes quatre grands-parents, pour mes parents, mon frère et le camping-car qui nous transportait heureux sur les rives de la Méditerranée, pour ma petite famille et pour la grande, composée de celles et ceux qui se reconnaissent dans ce que j'écris. Mes recherches ne sont pas des histoires d'amour ; c'est ma pratique de l'histoire qui est une déclaration. Il s'agit de sauver ceux que j'aime.

J'écris aussi pour être aimé, pour mettre mon cœur à nu. Je désire que l'on m'aime pour mes mots, mes récits, ma créativité. J'écris pour que l'on m'aime encore. J'écris pour que m'aiment celles qui ne m'ont jamais aimé, qui n'ont jamais su que je les aimais. J'écris pour les filles de la cour de récré. J'écris pour que Cloé me rappelle.

C'est ainsi que j'ai délaissé la masculinité de contrôle, vaine et pour cette raison incapable de m'assurer le succès, au profit de la masculinité de sacrifice, celle du bon élève qui accepte de s'abolir dans le Concours et la Littérature, nouvelles causes dignes de mourir pour elles. Masculinité de sacrifice, mais aussi masculinité en souffrance qui, ne tolérant pas l'échec, éprouve toujours le besoin d'être rassurée.

26

La révolte Renaud, la morale Goldman

Comme la plupart de mes copains, j'écoutais NRJ, dont l'acronyme me paraissait une trouvaille de génie ; car bien évidemment tout le monde y entendait « Énergie » plutôt que « Nouvelle radio jeune ». Comme ma chaîne hi-fi était un radiocassette, avec un haut-parleur de chaque côté, je pouvais me fabriquer des compilations sur mesure. Pour ce faire, il fallait attendre que la radio diffuse un tube et, sitôt entendue la première mesure, presser simultanément les boutons *play* et *record* de l'appareil. Il n'était pas rare qu'on manque le début de la chanson ou qu'on enregistre les derniers mots de l'animateur, mais le résultat était convenable. Comme sur l'une de mes compils figuraient *Africa* de Rose Laurens et *Karma Chameleon* de Culture Club, j'en conclus que cette mode était déjà installée vers 1982-1983, à la fin de mon école primaire.

À la télévision, le rendez-vous des jeunes était le *Top 50*, créé en 1984. Ce hit-parade des meilleures ventes diffusait – chose originale – les clips des chansons, classées de la cinquantième à la première place. Qu'ils soient américains, italiens, norvégiens ou français, tous les tubes des années 1980 y sont passés, restant parfois numéro un pendant plusieurs semaines. Le plaisir qu'ils m'ont apporté étant inversement proportionnel à l'intérêt de leurs paroles, je ne m'y attarderai pas. En revanche, trois chanteurs ont changé ma vie : Renaud au collège, Gainsbourg au lycée, Brassens dans le camping-car.

De Renaud, je connais par cœur tous les albums depuis *Amoureux de Paname* (1975) jusqu'à *Mistral gagnant* (1985). Il était tout pour moi, gavroche, loubard, rebelle avec un pavé dans la main, pote qui ne te laisse pas tomber, grand frère, père aussi. Les personnages de ses chansons étaient plus réels que les héros des romans du XIXe siècle auxquels j'essayais de m'identifier : Dédé amoureux de sa bagnole bleu métallisé aux jantes en inox ; Gérard Lambert échoué dans la zone à cause d'une panne de mobylette ; Manu sanglotant dans sa bière ; Michel détruit par l'héroïne ; Lucien à la tête de sa bande de copains dispersés ; Angelo dont le manche de pioche matérialise l'instinct de mort ; Slimane le jeune de cité titulaire d'un « CAP de délinquant » ; Germaine qui crèche dans une chambre de bonne près de la Sorbonne, avant de partir à Katmandou en auto-stop, pour finalement revenir fumer des pétards au huitième étage d'une HLM.

Les sarcasmes de Renaud n'épargnaient personne, surtout pas lui. Il se moquait de sa carrure. Lui qui se disait « épais comme un sandwich SNCF », il avait dû se faire tatouer dans le dos, faute de place, un moineau au lieu d'un aigle. Homme, il vomissait le pouvoir des hommes : « Un génocide, c'est masculin, comme un SS, un torero. » Sa langue, faite de poésie, de jeux de mots et d'invectives, était plus vivante que celles que j'apprenais en classe ; d'où mon précoce bilinguisme français-argot. Son esprit de contestation se conjuguait à la nostalgie de l'enfance. L'écouter représentait un engagement, tendance anarcho-révolutionnaire. Grâce à lui, Fred et moi communiions dans la révolte. Nous savourions le vitriol d'*Hexagone*, qui étrille les Français en douze vignettes, de janvier à décembre. Nous révérions *Où c'est qu'j'ai mis mon flingue ?*, dont le souffle vengeur scalpe les bourgeois, les journaleux, les poètes, les flics, les politicards, les fachos et les gauchos.

Renaud a entretenu la sourde violence qui couvait en moi, refus des injustices, dégoût pour les hypocrisies nationales, et il a éveillé ma conscience politique dès les années 1985-1988, en lien avec le néocolonialisme et la répression policière dont les victimes furent Éloi Machoro, indépendantiste kanak exécuté par un sniper du GIGN, Malik Oussekine, matraqué à mort en plein Paris par les voltigeurs de la police, et les dix-neuf preneurs d'otages tués par l'armée française après l'assaut de la grotte d'Ouvéa en Nouvelle-Calédonie.

C'est à cette époque que j'ai appris à retourner contre les antisémites leur propre haine. Pierre Vidal-Naquet était venu nous faire une conférence dans la salle d'honneur du lycée Buffon. À la fin de l'intervention, un adulte assis juste devant moi lui a posé, tout sourire, une question que j'ai oubliée. À la tribune, soudain hors de lui, Vidal-Naquet explose : « Je considère vos théories comme de l'excrément ! » Je n'ai jamais oublié la colère de cet intellectuel si doux, si mesuré, qui visait – je l'ai compris bien plus tard – un négationniste caché dans la salle pour y répandre, en effet, ses ordures. Honneur à toi, Vidal-Naquet, spécialiste de la Grèce antique, helléniste comme ma mère, auteur du *Chasseur noir*, militant contre la torture en Algérie, premier historien que j'aie vu de mes yeux. Bénie soit ta mémoire, enlacée à celle de tes parents assassinés à Auschwitz.

Il me semble que cette scène a eu lieu en 1987, pendant mon année de troisième. Si ma mémoire est floue sur ce point, elle est catégorique sur l'idée générale : la découverte intime, radicale, définitive, de la Shoah. En classe, les profs nous parlent du procès de Klaus Barbie, criminel nazi finalement condamné à la réclusion à perpétuité. En histoire, je fais un exposé sur l'opération Barbarossa, nom de code qui désigne l'invasion de l'Union soviétique par le Troisième Reich à partir du 22 juin 1941. Dans mon esprit d'alors, les exploits du char T-34 lors des contre-offensives soviétiques sont plus importants que les tueries des *Einsatzgruppen* sur le front de l'Est. Il était peut-être plus rassurant, pour un adolescent, de se tenir aux côtés des vainqueurs, plutôt que d'assister aux massacres de civils.

Un proverbe arabe, cité par Marc Bloch dans son *Apologie pour l'histoire*, affirme que « les hommes ressemblent plus à leur temps qu'à leurs pères ». Mais quand le temps lui-même sanctifie les pères, quand l'époque proclame la valeur inestimable des orphelins, leurs enfants n'ont qu'à s'arrimer au présent pour honorer le passé et exprimer leur piété filiale. La mémoire de la nation était faite de nos souvenirs. Le temps était couleur de mon père. Sa blessure indicible m'obligeait davantage que le nom de tous les « fils de ». Bien sûr, je connaissais Jean-Jacques Goldman. La plupart de ses chansons se classaient très haut dans le Top 50. *Je te donne* était resté numéro un pendant un mois et demi. Ses refrains devenaient nos hymnes. Tout le monde avait « trop saigné sur les Gibson », sans savoir qu'il s'agissait d'une marque de guitares. Pourtant, ma jeunesse était finie lorsque je l'ai véritablement découvert. Ce retard s'explique. J'adorais Renaud alors que j'ignorais tout de la zone, de la délinquance, de la drogue et des blousons de cuir ; je dédaignais Goldman parce qu'il parlait de moi. La vision du monde que reflètent ses textes correspond à celle qui était confusément la mienne au lycée et que j'ai gardée par la suite, conforté peut-être par mon sentiment de proximité avec l'homme, né en 1951 d'une mère juive allemande et d'un père juif polonais, communistes et anciens résistants, établis après la guerre comme petits commerçants. Si la morale Goldman est digne d'intérêt, ce n'est pas parce qu'elle émane d'une star de la chanson française ; c'est parce qu'elle a été forgée dans un foyer collectif, celui des Juifs laïcs épris de la France des Lumières et des droits de l'homme. Voici ses quatre piliers.

Un parti pris de modestie

Les chansons de Goldman ne consacrent pas des héros, mais des gens discrets et anonymes qui refusent de se mettre en avant, quels que soient leurs mérites. La prétention est une erreur ; la vantardise, une faute. Au contraire, dans la vie, il est nécessaire de faire profil bas, de reconnaître que l'on est – comme le rappellent la quasi-totalité de ses albums –, « démodé », « minoritaire », « non homologué », « entre gris clair et gris foncé ».

Cette modestie, Goldman la met en œuvre dans sa propre vie, refusant le clinquant, le fric, la vaine notoriété que promet la presse people, le règne des apparences, ou prêtant son talent à d'autres stars, Céline Dion ou Johnny Hallyday, pour lesquels il a écrit certains de leurs plus grands succès. Autre fait remarquable, le livret du CD de sa compilation *Singulier* reproduit dans un cahier central les railleries condescendantes, faites pour blesser, que des journalistes lui ont décochées dans les années 1980 : « Néant des décibels », « ritournelles navrantes », « gentillesse qui confine à la mièvrerie », « fait rêver les petites filles », etc.

Un idéal méritocratique

Le goût de la solitude chez Goldman (*Je marche seul*) résulte autant de l'aversion pour les foules que de la certitude que tout salut vient du travail. Né obscur, sans titre de noblesse ni de propriété, l'individu ne peut compter que sur sa volonté, sa détermination, son courage, réunis dans une morale de l'effort dressée contre la fatalité et tous les conservatismes. Il s'en sortira, comme les immigrés partis de rien, comme les artisans avec leurs tas de *shmatès* dans les ateliers de Belleville ou du Lower East Side.

Si les circonstances ne sont pas favorables à son dessein, il devra se résoudre à quitter les siens, partir clandestinement s'il le faut, s'expatrier en Amérique ou sur un continent libre où il aura sa chance. Cet individualisme, attisé par un esprit de compétition qui consiste à « être le premier », à « arriver là-haut, tout au bout de l'échelle », n'est pas contradictoire avec la modestie. Franchis les obstacles un à un, mais garde-toi de tout triomphalisme : réussir était ton devoir.

La douceur

L'homme goldmanien est doux par nature. Il est inoffensif et il n'en a pas honte. Le surfeur australien, le coq gaulois, le paillard ne sont pas ses modèles. À celle qu'il aime, il n'a pas envie de donner des cours de Kâma-Sûtra, mais un « bisou voyou dans le cou ». Ses chansons célèbrent l'amour complice, la solidarité, l'amitié entre hommes ou entre homme et femme. Quand une copine est déprimée, il la fait rire, l'emmène au cinéma.

Goldman adhère à la même masculinité que celle d'Hippo dans *Un monde sans pitié* : prévenance, poésie, sensualité, respect absolu de la liberté de l'autre, propension à douter de soi – et de cette fragilité, il tire sa force. Dans les années 1980, les attaques contre Goldman et son public de « midinettes » étaient teintées de misogynie. S'il est un « chanteur pour fillettes », alors je suis bel et bien Candy.

La nécessité de la gratitude

Je ne connais que deux chansons sur la Shoah et elles sont d'une justesse absolue, l'une dans le registre comique, l'autre dans le registre tragique. Dans la première, *Yellow Star* (1975), Gainsbourg compare l'étoile qu'il a portée enfant à celle d'un shérif. La deuxième est *Comme toi* (1982) de Goldman. Pour bien comprendre sa démarche – une sorte de tendresse mémorielle –, il faut garder en tête le drame de son demi-frère, conduit au gangstérisme par sa révolte et sa souffrance.

La chanson raconte le quotidien, tout en rêves et en délicatesse, d'une petite fille assassinée à l'âge de 8 ans. Son point de départ : une photo découverte, dit-on, dans un album de famille. Son principe : évoquer l'un des plus grands événements du XXe siècle avec la pudeur qu'il requiert, l'absence des mots « juive », « guerre » et « nazis » empêchant presque de saisir le sens des paroles.

Je n'aime pas cette chanson parce qu'elle serait émouvante. Évidemment, elle l'est. Mais il est trop facile de dire que nos histoires sont « touchantes ». Outre *Histoire des grands-parents que je n'ai pas eus*, j'ai publié deux livres collectifs sur la Shoah. Aucune lecture, aucun colloque n'a jamais diminué le respect que je porte à cette chanson. C'est même l'inverse, car en tant qu'historien mais aussi père de famille, je me suis souvent demandé comment on pouvait faire comprendre à des enfants l'extermination d'enfants. Une solution consiste à graver sur une plaque à l'entrée des écoles : « Assassinés parce que nés juifs. » Œuvre de mémoire indispensable, mais les écoliers se diront avec un soulagement inavouable : « C'est triste, mais c'est arrivé il y a longtemps, et à des Juifs. »

Pourtant, mourir à l'âge des princesses n'arrive pas qu'aux autres. Il suffit que d'autres gens le décident, et votre vie est terminée, seule votre poupée vous survit. La petite Sarah et ses camarades n'ont pas été assassinés en tant que Juifs, mais en tant qu'enfants, parce que les nazis étaient les ennemis du genre humain. Lorsqu'il disait « comme toi » aux adolescentes de son public, dans cette France des années 1980 qui a tatoué sur ma peau non pas un numéro matricule, mais le dessin de la vie que je voulais mener, Goldman chantait juste. Nous sommes nés ici et maintenant : voilà une autre chance.

Cela me fait bien plaisir qu'un chanteur dont l'art est si imprégné de culture juive ashkénaze soit élu, depuis plusieurs années, « personnalité préférée des Français ». Mais le talent de Jean-Jacques Goldman n'a rien de communautaire. Au contraire, avec ses chansons en anglais, ses duos mixtes, ses trios, il ne cesse de célébrer le métissage. Dans « Fredericks Goldman Jones », il s'est placé modestement au milieu, suivant l'ordre alphabétique.

La morale Goldman pourrait se résumer ainsi : « N'oublie jamais d'où tu viens, travaille en silence et tu arriveras à quelque chose. » Lui aussi, il me chuchotait d'écrire. J'aurais bien aimé posséder ce 45 tours mythique avec ses deux chansons, recto verso. Face A : *Comme toi*. Face B : *Être le premier*. La course à la réussite est ce qui reste quand on a échappé aux chambres à gaz. Nous le faisons pour eux.

27

Victoire du pitre

À la fin de mon année de première, la prof de physique, une femme aussi dure qu'expansive, nous a convoqués, mon meilleur ami et moi, pour nous dire en substance que le lycée Buffon offrait un cadre trop étroit aux ambitions qu'elle espérait pouvoir nous prêter et que, par conséquent, nous devions viser plus haut. Nous sommes repartis pensivement, mais, après les grandes vacances, nous avons fait notre rentrée au lycée Henri IV, au cœur du Quartier latin.

Cette année de terminale C a été la plus triste de ma scolarité. Séparé de mes copains des années Buffon (et même de mon meilleur ami, qui était dans une autre classe), transféré dans une filière scientifique où je me révélais très moyen, même en travaillant beaucoup, entouré de dizaines de polards à l'humour sinistre, j'ai passé une année de zombie dont je n'ai gardé presque aucun souvenir, hormis mon inscription au palmarès de la bêtise pour avoir déclaré, entre autres, que je n'étais « pas un mâle ». Voici les sept citations comptabilisées par mes camarades.

Bêtise de bronze : Ivan Jablonka (7)

1. Ô Marc, continue ! J'aime ta présence masculine et racée.
2. Je ne suis pas un mâle !
3. Si par exemple f de quelque chose donne f de autre chose...
4. [*À Paul :*] J'ai rêvé de toi. Je te raconterai...
5. Pour entrer en HKS [*hypokhâgne scientifique*] à Henri IV, j'ai vendu mon corps.
6. [*À notre prof d'anglais :*] Comment ça, ma biographie est incomplète ? Qu'est-ce que j'ai pas mis ? Sa date de mariage ? Quand il a fait sa première communion ?
7. J'étais pour Muster [*un tennisman autrichien*] parce qu'il est beau !

Mon éducation au sein d'une famille des classes supérieures, où la culture, la sensibilité, les émotions et les lettres étaient valorisées, se mettait à coïncider avec une sorte de tempérament gay que j'assumais sans tenir compte des dommages infligés à ma « réputation » ou à mon « rang ». Ce n'étaient pas de vraies allusions homo-érotiques, mais elles avaient été comprises ainsi, et le fait qu'elles aient été jugées ridicules indique un climat clairement homophobe. Les gars de ma classe, spécialistes du calcul intégral et du logarithme népérien, étaient choqués que je m'affiche en « pédé » ou – ce qui revenait au même – que je les transforme en objets de désir.

Autre souvenir, parfaitement congruent : en janvier 1991, avant et pendant l'opération « Tempête du désert » destinée à libérer le Koweït, plusieurs garçons, lors des interclasses et à la cantine, restent l'oreille collée à leur poste de radio, excités par les préparatifs militaires, le chassé-croisé des Scud irakiens et des missiles Tomahawk américains, le décollage des avions de chasse, les bombardements intensifs, les décombres sur l'« autoroute de la mort ». Dégoût pour toute cette allégresse guerrière, qui transparaît aussi dans les journaux de TF1 et de CNN.

La guerre du Golfe ressemblait à un jeu vidéo qui serait passé à la télé. L'image, complètement muette, avec une croix en son centre, montrait un bâtiment de faibles dimensions, pareil à une maquette ; au bout d'un instant, une lumière aveuglante au milieu de l'écran indiquait que la cible avait été détruite. C'était une frappe prétendument « chirurgicale », sans cadavres ni chairs brûlées.

Mes camarades croyaient que je leur disais « vous êtes beaux », peut-être même « vous m'excitez ». En réalité, je leur disais : « Je ne veux pas être comme vous, je ne suis pas des vôtres. » Je ne voulais rien avoir en commun avec eux. Je voulais qu'ils aient honte de moi, qu'ils me trouvent grotesque, indigne. Cette *autodérision de genre* visait à abjurer mon identité de dominant. Au milieu des forts, je déclarais que je n'en étais pas un. Alors que j'avais achevé ma métamorphose en lion, j'éprouvais le besoin de devenir un pitre. Faute de pouvoir appartenir à l'autre genre, celui des femmes, je dégringolais intentionnellement dans la hiérarchie du mien. Ainsi le sous-homme échappait-il aux mâles alpha. Mes clowneries défensives étaient aussi des ruses de fennec. Elles disaient : « Je suis tout petit, je ne peux pas te faire du mal. S'il te plaît, tolère-moi. » Cette stratégie de survie dans le milieu ultracompétitif de la terminale C du lycée Henri IV consistait à devenir une victime ou plus exactement à jouer les victimes, objet de pitié et de mépris, pour être épargné. Démarche typique de la condition juive : se faire accepter par les puissants qui pourraient vous détruire. La première fois que j'ai expérimenté ce misérabilisme, c'était à l'anniversaire de Cloé lorsque, pistolet sur la tempe, je lui murmurais : « Je t'en prie, mon amour, ne pars pas. » Mais alors qu'en CM2 j'espérais augmenter ma valeur aux yeux de Cloé, en terminale je sombrais dans les tréfonds du classement humain, méritant ma « bêtise de bronze ». Par mon attitude honteuse, j'autorisais mes camarades à se moquer de moi. Je les confirmais dans leur légitimité, je reconnaissais leur droit à (me) dominer. L'antisémitisme lui-même finissait par avoir droit de cité. Une fille, elle aussi très matheuse, s'amusait à me répéter, en plagiant la fable de la cigale et de la fourmi : « Le Juif n'est pas prêteur, c'est là son moindre défaut. » Juif, comme le Christ. Cloué au pilori, j'attendais qu'on me crache dessus. Plutôt maître de mon monde que maître du monde.

L'année suivante, en septembre 1991, j'ai fait ma rentrée en hypokhâgne B/L au lycée Henri IV, la meilleure du pays. Changement de genre : il s'agissait d'une filière « féminine », avec certes des maths et de l'économie, mais surtout une large dominante d'humanités, lettres, histoire, philo, langues, sociologie. Et là, sans surprise, je suis redevenu un petit intellectuel à muscles, un athlète des bouquins.

La plupart du temps, les chercheurs analysent les résultats scolaires selon une logique de genre binaire : qui réussit le mieux à l'école entre les filles et les garçons ? Cependant, il est aussi intéressant de s'interroger sur les facteurs de réussite au sein d'un même groupe sexué, selon les rôles auxquels les uns et les autres adhèrent. Une étude de 2020 menée à l'université de Cambridge a montré que la scolarité des garçons dépendait de leur conception de la masculinité, les garçons « cool » ou « durs » étant moins motivés que les garçons rétifs aux identités traditionnelles. Souci de l'apparence, prise de risques, culture de la bagarre ne se révèlent pas lucratifs sur le marché scolaire.

Moi, à l'évidence, je me définissais par une masculinité dissidente, tellement sensible et intellectuelle qu'elle en semblait « gay », c'est-à-dire dégradée aux yeux des autres, mais aussi bombée de volonté et d'énergie au point de paraître « virile », presque enviable. L'aliénation a fait le reste. Les films ? Je leur attribuais une note. Les romans ? Je les fichais. Ouaille du temple scolaire, j'étais prêt à vendre mon âme (et non mon corps) pour décrocher le concours.

Je développais des troubles obsessionnels compulsifs. Dans *Les Noces de Figaro*, un air me bouleversait : le sextuor où Figaro retrouve ses parents. « *Sua madre ? Suo padre ?* », tous les personnages sont abasourdis. Pendant mes trois années de prépa, j'ai écouté rituellement ce morceau dans ma chambre, la veille des devoirs sur table. Avais-je besoin, pour m'endormir apaisé et réussir ma dissertation le lendemain, de la pureté des voix entremêlées, d'un shoot de « haute » culture, de la protection de Mozart lui-même, de la présence métaphorique de mes parents, de la joie des retrouvailles après un abandon ? Grâce à la beauté de ce sextuor, je recevais ma part de sublime.

Après le devoir sur table, j'attendais dans la fièvre. Et si j'avais raté ? Et si je ramassais une mauvaise note ? Le monde et moi se désajusteraient. Fin du *nakhès*, je perdrais l'amour de mes parents. Mon exigence vis-à-vis de moi-même devenait épuisante. Le temps m'était compté.

À la fin de ma première khâgne, j'ai été classé 22e sur 21 au concours, « premier collé », comme on disait. J'ai redoublé gaiement. En juillet 1994, après avoir intégré Normale Sup, le croirez-vous ? j'ai fiché des livres sur la Révolution française. L'automate l'avait emporté. Aujourd'hui encore, il m'arrive de faire ce cauchemar : je repasse le concours, c'est le jour de l'épreuve de maths, le sujet tombe, les équations sont incompréhensibles, c'est la catastrophe.

$$\int_0^\pi (at + bt^2) \cos kt \, dt = \frac{1}{k^2}$$

Pourtant, en prépa, j'ai été heureux, vraiment heureux. J'étais dans mon élément. Les cours étaient intéressants. Les matières nouvelles me stimulaient. Des voies s'ouvraient. Mon corps se pliait à ma volonté, mon cerveau fonctionnait avec une efficacité merveilleuse. Et puis je vivais une belle histoire d'amour.

Au début de l'hypokhâgne, j'étais tombé amoureux d'une fille de ma classe que j'avais essayé de séduire avec mes recettes habituelles : allusions, poèmes, etc. Je brillais avec mes phrases alambiquées et mon humour subtil. Je prétendais que j'allais lui « fesser les joues ». Elle m'appelait « Goret », je l'appelais « Gorette ». J'étais sur la bonne voie.

Au printemps – ce devait être en avril 1992 –, vitrifié par cet énième échec, je me suis mis à fréquenter une autre fille de ma classe. Elle était blonde, elle avait les yeux bleu ciel, sa mère était cadre supérieure dans un grand groupe pharmaceutique, son père habitait Gif-sur-Yvette. Un jour que nous nous promenions tous les deux par un temps frisquet, lui tendant la main, je lui ai dit timidement : « J'ai froid à la main. » Elle aurait

pu me répondre : « Achète-toi des gants, imbécile ! »
À la place, elle l'a prise, puis elle m'a embrassé. Nous sommes restés ensemble pendant trois ans.

Il y avait, dans sa chambre de lycéenne, chez sa mère, un vieux lit avec des volutes en fer forgé. Nous y avons passé des après-midi.

Et nous voici aujourd'hui, à 46 ans chacun, face à face, au restaurant. Elle est professeure dans une université ; moi aussi. Avant ce rendez-vous, je lui ai demandé si elle accepterait de figurer dans mon livre. Elle m'a répondu oui. Pour cela, elle a dû se plier à ce petit exercice de sociologie masculine. Voici son témoignage :

> Tu n'étais pas un « vrai mec », au sens où tu n'étais pas viril, ni bodybuildé ; mais tu n'étais pas non plus comme les « petits mecs » de la classe, avec une veste en velours, une aura de mystère, toute cette masculinité qui joue sur la fascination.
> Tu jouais au « pauvre Ivan », avec une distance ironique vis-à-vis de toi-même. Tu étais candide et naïf, mais dans une sorte de posture, comme un jeu de rôle, pour te protéger.
> Tu n'étais pas conquérant, sauf scolairement.
> Tu avais du charme.

Nous nous étions juré un amour éternel, mais notre relation s'est effilochée après que nous avons réussi le concours. Quand elle m'a quitté, le ciel m'est tombé sur la tête.

J'ai voyagé. J'ai eu des aventures. J'avais mûri.

Deux années plus tôt, pendant l'été, j'avais passé une semaine près des Rousses dans le Jura, avec Solène, Patrick et d'autres anciens de Buffon. Un soir, nous avions un peu bu, après quoi chacun était allé se coucher, sauf Patrick qui était resté mystérieusement dans la cuisine. Le téléphone avait sonné dans la nuit, à 3 heures du matin : Patrick avait fait des tonneaux avec la voiture de location. Le lendemain, nous sommes allés voir la carcasse abandonnée qui gisait en plein champ, sur le toit. C'était le premier accident de Patrick.

Chacun a suivi sa voie.

Mon cher copain Fred, le gavroche révolté qui était mon seul rival en chansons de Renaud, est parti au Mexique, où il est devenu ingénieur du son. Benoît l'écorché vif, le doux être complexé qui idolâtrait Mahler et Trotski, s'est lancé dans des études de théâtre. Krishna, le lutin des soirées de Clamart, a intégré l'École polytechnique. À la mort de Mitterrand en 1996, il a été l'un des huit élèves des écoles militaires à porter son cercueil, sur le tarmac de l'aéroport de Villacoublay, jusqu'à l'avion qui allait emporter la dépouille de l'ancien président vers sa terre natale.

Parmi mes amis de CE2, Yann a été admis à l'Institut de journalisme de Bordeaux ; sa sœur jumelle a fait une école d'arts appliqués à Paris ; Fabian est entré dans le monde de la finance. Ils n'étaient plus liés à ma vie, j'étais sorti de la leur.

Pendant que j'errais dans sa rue, cherchant des yeux, sur la façade de son ancien immeuble, l'emplacement de sa chambre où je n'étais jamais allé, Cloé vivait à moins d'un kilomètre de chez moi. Elle avait déménagé à Montrouge, de l'autre côté du périphérique, où elle a fait toutes ses études secondaires. Après le bac, elle a choisi médecine. Elle aussi, je présume, a eu des aventures, des amours.

28

En uniforme

À la fin du XIXe siècle, le service militaire était une chose grave, une étape dans la vie d'un homme. Devoir et honneur liés à la qualité de Français, il rappelait tout ce que le village devait à la nation, et vice versa. Comme l'écrit l'historienne Odile Roynette, la caserne a fourni à beaucoup de conscrits « un modèle masculin centré sur l'exaltation des valeurs viriles et guerrières ».
Un siècle plus tard, arrivant au seuil de la caserne, je me sentais partagé. Pour moi, le service militaire était à la fois une curiosité, un vestige, un enseignement, une école de vie et une corvée à laquelle je ne voulais pas me dérober. En fin de compte, je l'ai fait, moitié sérieux, moitié frondeur. Une pensée pour Marc Bloch, le grand médiéviste, héros de la Première Guerre mondiale, héros de la Résistance assassiné en 1944 par la Gestapo, et qui, tombant en Français et en Juif, avait demandé qu'on fasse lecture sur sa tombe de ses cinq citations de poilu. Une pensée pour Brassens, le poète de mon enfance, qui ne portait dans son cœur ni l'Église, ni

la maréchaussée, ni les maréchaux, ni les guerres de Cent Ans.

J'ai été incorporé en septembre 1998.

Quelques années plus tard, « libéré des obligations militaires » selon l'expression consacrée, après avoir vécu à New York, visité Angkor, Hanoï et Sarajevo, je me suis essayé au roman – nouveau parti pris littéraire, qui faisait suite aux poèmes de mon adolescence et à ma purge à base de sciences sociales. Le moins mauvais, parmi tous ceux que j'ai écrits, racontait une histoire d'amour entre un capitaine de l'armée française et une jeune Bosniaque traumatisée par des viols de guerre. Le narrateur, un jeune intellectuel parisien à l'esprit antimilitariste, évoquait son service militaire au cours duquel il avait rencontré ledit capitaine.

Ce passage étant parfaitement autobiographique, à l'exception du capitaine, personnage de mon invention, je l'ai reproduit ci-dessous sans rien y changer ; seules quelques précisions figurent entre crochets. Que l'on considère ce texte comme une archive à double titre : une analyse à chaud des masculinités auxquelles j'ai été confronté ; une trace de ma psyché de romancier au début des années 2000.

Extrait d'un roman inédit

Je l'avais rencontré au cours de mon service militaire, effectué à l'École militaire dans le VIIe arrondissement. Le fait marquant, dans cette affaire, ce n'est pas que je me sois dégotté une planque dans un bureau à deux pas de la tour Eiffel ; l'étonnant, l'incroyable, c'est plutôt que j'aie fait mon service militaire tout court. Combien de copains se sont fait réformer en prétextant trouble mental, divorce des parents, homosexualité refoulée, psychose, paranoïa, ou en enchaînant dix nuits blanches pour avoir l'air d'un déterré le jour de la visite médicale ? Dans mon milieu étudiant de gauche, gentiment écolo et libertaire, beaucoup se sont émus que j'accepte de mettre mes compétences au service de l'armée.

– Tu vas aller curer les chiottes dans une caserne allemande ?

À cette époque, le glas de la conscription avait déjà sonné ; tout le monde savait que l'armée, sur le point de basculer totalement dans la professionnalisation, était devenue laxiste en matière de recrutement et que les garçons nés après 1978 y couperaient automatiquement. Moi qui étais né en 1973, je pouvais profiter de cette déliquescence générale pour passer à travers les mailles du filet. Certains amis, croyant que je m'étais laissé embarquer par négligence, proposèrent de faire intervenir tel parent haut placé pour me faire classer « P4 » [réformé pour problèmes psychiatriques]. Quand on m'interrogeait sérieusement sur les motifs de mon choix, je m'en tirais toujours avec une pirouette, évoquant les légionnaires, le sable chaud, etc. Cette esquive finit par être interprétée comme du cabotinage et on me laissa tranquille.

Ma vraie motivation, je l'ignore ; car au fond je n'avais pas du tout envie de frayer avec des abrutis au crâne rasé, commandé par un adjudant moustachu qui nous ferait lever en pleine nuit pour creuser des tranchées. Avec du recul, je pense que je ressentais le besoin de quitter, ne fût-ce qu'une seule année, le couffin familial et la closerie intellectuelle dans lesquels j'avais grandi. Il m'importait de connaître autre chose avant le professorat, de sortir de l'école une fois dans ma vie. Peut-être nourrissais-je aussi la vague ambition d'être utile à la République, de la remercier pour ses largesses et pour le cadeau qu'elle m'avait fait d'une jeunesse facile, dégagée des soucis matériels et nourrie de toutes sortes de joies.

En apprenant que ma candidature avait été retenue par un bureau de traduction à l'École militaire, je consacrai trois matinées à feuilleter mes cours d'italien de seconde [en fait, un manuel acheté dans une librairie] et je partis en vacances le cœur léger.

Bien que « scientifique du contingent », je fis mes classes à Montélimar dans le 1er régiment du train [en réalité, le 45e régiment de transmissions]. La caserne était constituée de deux grandes cours entourées de bâtiments, d'un stade et d'une zone de manœuvres bordée de hangars où stationnaient camions et engins. On nous apprit que nous faisions partie du contingent 98/09, on nous distribua un paquetage composé de trois slips bleu ciel, de trois paires de chaussettes vert bouteille, de trois T-shirts de même couleur (le « consommable ») ainsi que d'un treillis, d'un ceinturon, d'une veste kaki à poches multiples, d'un béret et d'une paire de rangers dont la perte était sanctionnée de six jours de gnouf. On nous vaccina et un appelé coiffeur nous mit la boule à zéro : l'homme nouveau était né.

Les premiers jours furent consacrés à l'inculcation de tout un ensemble de règles désuètes qui visaient, il y a cent ans, à homogénéiser un groupe de jeunes gens venus de tous les horizons : faire son lit au carré, briquer ses godillots, rouler les manches de sa veste aux trois quarts du biceps, entrer dans le bureau d'un supérieur en refermant la poignée de la main droite et en ôtant le béret de la main gauche pour le faire passer dans le dos avant de recevoir les ordres, savoir former en moins de trente secondes une section de six rangs par huit, chaque soldat étant chargé de mémoriser sa place au sein du rectangle. Nous eûmes droit à un cycle de cours sur des sujets aussi variés que les insignes militaires, l'organisation des quatre armes, les soins bucco-dentaires, les DOM-TOM et la paix dans le monde. [Aujourd'hui encore, je sais me tenir au garde-à-vous et reconnaître les galons des officiers et sous-offs.] Pendant la pause, si l'un d'entre nous avait le malheur de s'adosser à un mur, le sergent gueulait : « Il va pas tomber ! »

Ma seule vraie déception tint au fait que, dans la section comme dans les chambrées, nous étions entre nous – ingénieurs, informaticiens, diplômés de grandes écoles, tous habitués à la vie nonchalante de l'étudiant, nourrie de glande, de discussions au café et de soirées plus ou moins alcoolisées.

[Le soir, dans la chambrée, un copain montait sur son lit et chantait avec un faux accent américain, sur l'air de *Oh When the Saints Go Marching in* :

> J'me lave le sexe
> J'me lave le sexe
> Au Martini
> Et si jamais tu me tailles une pipe
> Tu auras le goût de mon Martini

Nous en pleurions de rire, bien que cette vulgarité sexiste ne fût pas si drôle. Pardonnez à cette bande de troufions désœuvrés qui conjuraient comme ils le pouvaient l'ennui de la vie de garnison et l'absurdité des activités qu'on leur imposait. Du reste, les chansons de corps de garde entraient dans la recette du bizutage et autres initiations, en soudant entre eux les demi-courageux qui osaient répudier la décence ordinaire. Quant à notre désopilant imitateur, il est devenu professeur de philosophie antique.]

Le dédain que nous témoignaient caporaux et sergents trahissait moins leur complexe d'infériorité qu'une espèce de pitié sincère, comme lors de ce jogging le long du Roubion où un adjudant bâti comme un Hercule, voyant que la section ahanait loin derrière, nous apostropha :

– Alors, les bac +10 000, on tire la langue ?

Je compris au bout d'une semaine qu'on nous réservait des classes très confortables, rien de plus qu'un pastiche de formation militaire. Ce cantonnement, au sens figuré du terme, me navra et me peine encore comme une fatalité qui vous saisit au moment même où vous essayez de lui échapper. J'espérais qu'on nous ferait au moins tirer au FAMAS [fusil d'assaut de l'armée française] pour un dérisoire baptême du feu. Finalement, à part recommencer vingt fois de suite les mêmes exercices, jouer au foot à la tombée du jour, se farcir le baratin du chef de corps au lever des couleurs, obéir aux ordres que nous beuglait, délicieusement déformés par l'usage, un garde-chiourme boutonneux (*vous* pour « garde-à-vous », *pôôô* pour « repos »), on ne fit rien.

L'avant-dernier soir, en passant la serpillière dans le foyer, je me froissai un muscle à la cuisse ; un caporal se mit à m'engueuler ; après trois semaines d'enfermement et d'infantilisation, c'en fut trop et je me mis à pleurer, ce qui désarma sa colère tout en augmentant son mépris. À croire que je n'étais pas devenu un homme.

De toute façon, un emploi de bureau tout chaud attendait à Paris le retour des guerriers. Après une semaine de permission, nous rejoignîmes nos affectations et c'est ainsi que je pris mes quartiers à la DICoD. La Délégation à l'information et à la communication de la Défense assurait l'interface entre l'armée française et le reste du monde. Le porte-parole du ministre, qui la dirigeait de concert avec un colonel des parachutistes, nous expliqua lors du pot de bienvenue qu'elle constituait « les yeux et les oreilles » de l'armée. En fait, elle regardait et écoutait surtout les médias

– comment ils parlaient de la France, ce qu'ils disaient du ministre – et essayait de les influencer en utilisant les recettes de la com et de l'intox. Outre les bureaux et les salles de réunion, elle comprenait une salle d'enregistrement de toutes les radios et chaînes de télévision de la planète, un bureau pour les revues de presse nationales, un poste de veille assigné aux dépêches AFP, les rédactions de deux ou trois revues militaires spécialisées, un bureau de traduction et un central de télécommunications avec la SFOR [la « Force de stabilisation » de l'OTAN en Bosnie].
Au début, je vécus dans une espèce d'euphorie. Le matin, je traversais la cour de l'École militaire [non loin de la grande cour où le capitaine Dreyfus a été dégradé en 1895], émerveillé par la patine des édifices, l'imbrication des bureaux d'études, des écuries et des salles de sport ; dans un vestiaire je revêtais mon uniforme – pantalon de toile beige, chemise assortie, ficelle noire en guise de cravate, insigne du régiment, galons de deuxième classe et souliers vernis. Le bureau de traduction se trouvait tout au fond du couloir, un peu excentré par rapport aux autres services. La responsable en était Mme Bernardon [en réalité, Mme R.]. Arrivée à la tête d'une micro-administration grâce aux relations de son mari, habituée depuis l'enfance aux milieux très codifiés, elle-même obsédée de noblesse et de préséances, blonde, distinguée, Mme Bernardon vivait au milieu de sa petite cour. Elle manquait trop d'autorité pour y régner ; à la vérité, elle y prenait du

bon temps, comme dans un boudoir, vivant de potins, d'ébahissements et de menus soucis. Nous étions à la fois ses pages et ses enfants. Pour lui plaire, il suffisait d'aller au-devant de sa protection. Car, pour elle, la DICoD était pareille à ces familles des mythes grecs où les enfants encourent la vengeance de leur père, où les relations, en apparence affectueuses, sont grosses de calculs, de secrets, de menaces, de transgressions. Les acteurs étaient répartis selon un schéma triangulaire : elle, civile honteuse, timide à l'excès, toute retournée d'avoir été admise dans les hautes sphères d'un univers par nature martial et viril ; nous, ses « garçons », damoiseaux inexpérimentés, trop frivoles pour sentir les orages accumulés sur notre tête [elle se plaisait à dire qu'elle était notre « maman »] ; et eux, les militaires, pères dévorateurs qui la fascinaient et dont elle ne s'approchait qu'avec prudence. Cette économie des rapports humains expliquait, en particulier, qu'elle fût assez laxiste sur les questions d'assiduité et qu'elle fermât les yeux sur les manquements des traducteurs qui s'obstinaient à travailler en civil. Elle me prit en affection dès le premier jour parce qu'elle inféra de la consonance polonaise de mon patronyme que j'étais catholique – l'immigré parfait.

Nous étions en tout neuf traducteurs, étudiants de troisième cycle ou jeunes profs de langue : trois pour l'anglais, deux pour l'allemand, deux pour l'espagnol, un pour le russe et moi pour l'italien. Périodiquement, des étudiantes des Langues O' en stage venaient nous prêter main-forte pour l'arabe et le chinois. Dans ce groupe de linguistes émérites, je détonnais car je me destinais à enseigner l'histoire, ce qui faisait dire à Mme Bernardon que j'étais « polyvalent ». Les fayots étaient massés autour de son bureau, au rez-de-chaussée, alors que les mezz'amis (« ceux de la mezzanine ») allaient chercher dans l'entresol un espace de liberté propice à l'épanouissement de leur mentalité potache. Nous étions chargés de traduire des articles pour la revue de presse du ministre. Moi, je ne possédais qu'un petit empire de presse : *La Repubblica*, *Corriere della Sera*, *L'Espresso* ainsi que des revues spécialisées comme *Panorama Difesa*. Je transcrivais les reportages des journaux télévisés de la RAI Uno. De temps en temps, il fallait jeter un coup d'œil aux dépêches de l'agence de presse du Vatican, bien renseignée sur les conflits en Afrique subsaharienne. Enfin, tous les jeudis, j'aidais les anglicistes à traduire le bulletin hebdomadaire de la SFOR, feuille de chou que publiait la force internationale en Bosnie et dont il fallait faire profiter les Français basés à Mostar. Le reste du temps, nous regardions des vidéos apportées en cachette, disputions des batailles de boules de papier (« les garçons, qu'est-ce qu'il se passe là-haut ? »), somnolions, rendions visite aux copains affectés dans les autres bureaux, partions en goguette dans l'École militaire sous divers prétextes.

[Quand je n'avais rien de mieux à faire, je tapais sur l'ordinateur du bureau mon mémoire de DEA, dont le sujet était la représentation et le devenir des enfants

de l'Assistance publique de la Seine placés en famille d'accueil – sujet un peu trop « maternel » pour un traducteur militaire et un sorbonnard de 20 ans.]
À l'époque, la crise du Kosovo battait son plein. Depuis l'été 1998, l'armée et la police serbes procédaient à la déportation de milliers de paysans albanais. [...] Pour une fois, je ne chômais pas car, contrairement à ce que l'on pourrait penser, l'Italie avait un rôle stratégique dans la crise. Chassés de leurs bourgades, des milliers de réfugiés albanais risquaient de traverser l'Adriatique dans leur *gommone* et d'« envahir la péninsule » (*Corriere della Sera*). Surtout, l'Italie hébergeait à Aviano et à Gioia del Colle deux bases de l'OTAN, où les avions des pays alliés affluaient en prévision de l'offensive et que les Serbes pouvaient bombarder en représailles. La presse italienne était incroyablement belliqueuse. Les articles renouvelaient un genre oublié depuis 1914, la poésie de guerre : « Le soleil fait briller les chromes du F-16 qui va bientôt partir à l'attaque avec toute l'armada. »

29

Histoire de Benoît

Pendant que je traduisais de l'italien à l'École militaire, Yann étudiait le journalisme, Patrick buvait, Fred se cherchait.

Benoît, qui faisait du théâtre, avait une sensibilité à fleur de peau. Lors de nos beuveries à Clamart, il déployait une énergie démesurée pour essayer de sauter par la fenêtre. Lors d'un séjour à Houat, il avait sauvé le beau Jean de la noyade, mais lorsque à son tour il a connu une mauvaise passe, il n'a pas réussi à surnager.

Nous n'étions pas proches, mais aujourd'hui, lorsque j'écoute une symphonie de Mahler, je pense à l'âme torturée de Benoît, qui souffrait tellement qu'il s'est jeté du haut d'un escalier de secours de neuf étages. Il n'aura pas connu le XXIe siècle.

Vingt ans après sa mort, j'ai eu une conversation téléphonique avec son père. En mémoire de Benoît, il a réuni dans l'église de Bars, en Dordogne, une collection de quarante harmoniums unique au monde.

Témoignage du père de Benoît

Benoît est né en janvier 1973. Il était introverti, hypersensible.

Au moment de sa naissance, j'étais professeur de philosophie à G. Petit garçon, il était très gai, très souriant. Il jouait tout seul, il inventait des jeux et les enfants venaient jouer avec lui.

Je suis devenu proviseur adjoint à A. vers 1983-1984. Avec sa mère, on a divorcé. Le divorce de ses parents, pour Benoît, a été un choc, une cassure. Je suis tombé en dépression nerveuse. J'ai perdu mes amis. Je ne lui parlais plus. Cela a été un traumatisme de me voir ainsi, alors que j'étais actif à G. Quelle était la bonne image de son père : celle de G. ou celle d'A. ? Les deux images ont leur part de vérité. Quand on a 10 ou 11 ans, on ne peut pas savoir.

Vers 1986-1987, quand il était élève au lycée Buffon, il habitait avec sa mère. Il était fasciné par Mahler, il achetait tous les livres sur le sujet. Moi, j'étais toujours en poste à A. Je me suis remarié, mais cela n'a pas duré longtemps. Je suis retombé en dépression nerveuse.

Pour Benoît, cela a été très dur. J'ai été hospitalisé. Pendant ma convalescence, il s'est occupé de moi très gentiment. C'était vers 1991-1993. Il m'a emmené à la fête de la musique. On faisait du vélo ensemble.

Comme jeune adulte, tout cela l'a déstabilisé. La dépression est très difficile pour l'entourage, à plus forte raison celle d'un père. J'ai remonté la pente : un jour, j'ai tout arrêté, les médicaments, les psychiatres. Benoît était très content. Toutes les idées noires qu'on a dans la vie ne sont pas fausses, mais elles comportent seulement une part de vérité.

Benoît faisait du théâtre. Tant que c'était en amateur, cela l'a aidé, mais quand il est devenu semi-professionnel, c'est devenu angoissant pour lui. J'ai été le voir jouer deux ou trois fois. Il avait 20-25 ans. Il avait déjà fait des tentatives de suicide. Il était en dépression. À l'hôpital Sainte-Anne, il avait subi des électrochocs.

Je m'étais opposé aux psychiatres. J'avais promis de coopérer, mais j'étais très réticent, critique, moqueur. Je ne collaborais pas. L'hospitalisation m'avait été arrachée. Benoît le voyait bien. J'avais foutu ses médicaments à la poubelle, je n'allais plus aux entretiens. J'avais démoli les psychiatres devant lui. Il me disait : « Papa, arrête, je sais très bien ce que tu penses d'eux. » J'étais excédé, affaibli aussi, après mes deux dépressions.

Il venait dormir chez moi, au lycée où j'étais en poste. Il jouait au théâtre. Il allait mieux.

La veille de son suicide, il était chez sa mère. Elle m'appelle : « Benoît, ça ne va pas. » Je lui dis de l'amener chez moi. Le matin, comme il ne se levait pas, je l'ai secoué, je l'ai forcé à partir. C'est une chose que je n'aurais pu dû faire. Il est allé à l'hôpital Saint-Antoine où il était suivi.

Benoît n'a rien laissé.

Il s'est suicidé le 21 janvier 1999, trois jours avant son anniversaire. Le médecin de Saint-Antoine m'appelle : « Un drame est arrivé, Benoît est mort. » J'ai explosé, j'ai jeté le téléphone contre le mur. Le médecin a dû avoir peur, car le commissariat de Bastille m'a tout de suite téléphoné : « Votre fils est à l'Institut médico-légal. Venez, on a besoin de vous. »

À l'Institut médico-légal, ils reconstituent les visages. Ils l'avaient recousu, car il avait eu de multiples traumatismes, il était tombé sur un engin de chantier. Dans ce genre de chute, tous les organes éclatent.

Quand j'ai vu Benoît à l'Institut médico-légal... Cette image, c'est terrible pour un père, mais il y a les bruits de la ville, un contexte, un environnement. Plus tard, on revoit l'image, elle est seule, isolée, obsédante, elle devient énorme. C'est très difficile à vivre.

On me dit : « Il s'est défenestré. » Quoi, il s'est défenestré dans un service hospitalier ? En fait, il s'est jeté depuis un escalier de secours. J'ai demandé le rapport de la commission de sécurité, qui était très critique. C'était un escalier extérieur qu'on ne pouvait que descendre lors d'une évacuation. Pour le monter, il fallait bloquer l'alarme.

J'ai porté plainte. Il y a eu une enquête de police. Pour l'AP-HP, c'était scandaleux qu'il y ait un procès. En gros, leur rapport disait : « On ne peut empêcher personne de se suicider. C'est malheureux, mais c'est ainsi. »

HISTOIRE DE BENOÎT

Je n'ai pas recraqué à la mort de Benoît, parce que j'avais des buts, une action à mener : le procès, puis le musée à créer. Le tribunal a déclaré que l'hôpital n'était pas responsable. Personne ne l'a vu monter les neuf étages. Aujourd'hui, je récuserais la thèse du suicide. C'était peut-être un accident. Benoît avait un côté poète : il monte l'escalier pour voir Paris d'en haut. Sous médicaments, il a eu le vertige et il est tombé ?

Benoît (1973-1999)

30

L'argent et les muscles

Après mon service militaire, je suis parti à New York pour y enseigner un an. Quelques semaines après mon arrivée, grâce à une amie d'amis de mes parents qui avait des relations dans la mode, j'ai été invité à une réception dans l'hôtel particulier de Bob Guccione, fondateur de *Penthouse* et pionnier du porno « hard », qui fêtait le lancement de son nouveau magazine, *Mind and Muscle Power*, dédié au fitness et au bodybuilding. C'était le mardi 28 septembre 1999.

Au début de mon séjour, je m'étais créé un compte Hotmail qui me permettrait de rester en contact avec mes amis de France et dont je me sers toujours. Le courrier électronique était entré dans ma vie pour ne plus en sortir. Grâce à cette nouvelle forme d'archive, je possède un compte-rendu détaillé de la soirée : un mail écrit à un copain, qui s'ouvrait par cet avertissement en majuscules : « J'AI JAMAIS VU ÇA DE MA VIE. »

Située dans les beaux quartiers de Manhattan, au croisement de Madison Avenue et de la 65e Rue, la demeure de Bob Guccione masquait sa façade de trois étages sous une tombée de lierre qui enchantait le paysage urbain. À l'entrée, cinq cerbères dans une loge bardée d'écrans vérifiaient l'identité des invités. Au rez-de-chaussée, sur la droite, des statues à l'antique se reflétaient mélancoliquement dans l'eau bleue d'une piscine ornée de mosaïques. En montant l'escalier, premier choc : le mur était couvert de tableaux, Chagall, Matisse, Lippi, Botticelli.

Le salon, rempli d'un brouhaha mondain où scintillaient les coupes de champagne des invités en smoking et robes longues, était d'une magnificence à couper le souffle : une cheminée en marbre large comme une cage de handball, un mobilier Louis quelque chose, des chandeliers en argent, des paons en or, des tapis au sol, un piano doré où officiait un pianiste désabusé et, encore et toujours, des toiles de maître, des Chagall, un Modigliani, un retable flamand du XVe siècle, un Dalí, deux Chirico, un petit Picasso, sans oublier un Van Gogh de la période des *Mangeurs de pommes de terre*. On se serait cru à la Frick Collection, alors qu'on était chez l'empereur du porno, titan des « guerres pubiques », génie du mauvais goût, sultan des temps modernes.

Il était là, avec sa crinière blonde, sa chemise hawaïenne, ses chaînes en or étalées sur sa poitrine velue – le seul homme donc qui ne fût pas en costume –, promenant sa dégaine de naze total au milieu de ses invités ultrachic, au bras d'une poupée blonde de trente ans sa cadette. Tel était le couple Guccione en son manoir, avec ses chefs-d'œuvre européens et ses nuées de domestiques latinos.

Parmi quelques déesses, j'ai remarqué une cover-girl qui portait un caniche dans son sac à main. Sa jupe était fendue jusqu'au string et elle avait des semelles compensées de 20 centimètres. Ses cheveux peroxydés, ses seins refaits, ses lèvres en chou-fleur recolorées en terre de Sienne, son fond de teint gluant révolutionnaient la notion de beauté. Elle donnait le bras au plus stupéfiant des hominidés : un gars de cent vingt kilos, la tête comme un genou d'éléphant, trois boucles d'oreilles de chaque côté et, surtout, des muscles, des muscles à en faire craquer son T-shirt. Barbie et Hulk, en quelque sorte.

Les invités, représentants des médias et de la pub, ont fait silence lorsque les discours ont commencé. L'équipe du magazine *Mind and Muscle Power*, qui devait être mis en vente en janvier 2000, a exposé ses objectifs – d'abord l'*editor-in-chief*, puis son second, puis un financier aux allures de play-boy, enfin le conseiller sportif du magazine, l'énorme armoire à glace derrière laquelle j'aurais pu me cacher.

J'ai passé la soirée à observer les gens, à sourire vainement aux filles, à déambuler dans la maison. Guccione, m'a-t-on expliqué, avait une passion : il peignait. Oui, il barbouillait du papier avec ses états d'âme ! Et comme il était modeste, il accrochait ses œuvres entre ses Chagall et ses Matisse.

En un mot, ce fut une grande soirée, digne de Balzac ou plutôt du Zola de *La Curée*, ainsi qu'une leçon de vie : en cette fin de XXe siècle, depuis New York, capitale des arts et de la culture, centre névralgique du capitalisme planétaire, c'était la masculinité la plus grossière, accouplée à l'argent le plus tapageur et au pouvoir le plus obscène, qui dirigeait le monde. Ici-bas, les tâches étaient clairement réparties : aux hommes, les muscles, la violence sociale, la satisfaction de soi, la misogynie ; aux femmes, les charmes de la potiche ou du jouet sexuel. Les autocrates considéraient les femmes comme des prostituées, et les autres hommes comme des esclaves.

Le maître des lieux me faisait furieusement penser à Biff Tannen, le méchant de *Retour vers le futur II*, devenu milliardaire après avoir reçu l'almanach des sports qui lui permet de gagner tous ses paris : au sommet de son gratte-ciel, il passe sa vie entre son jacuzzi, son coffre-fort et ses call-girls. Mais ce qui, dans le film, n'était qu'un présent alternatif, terrifiant et vite révoqué, allait devenir la réalité. Dix-sept ans plus tard, Donald Trump était élu président des États-Unis.

En sortant, on m'a donné un sac contenant une plaquette sur le nouveau magazine et une banane *Mind and Muscle Power*.

Mon mail traduit un irrémissible dégoût, mais aussi une forme de fascination. J'écris à mon copain français : « Dans la foule, je vois des filles sublimes, belles et même pas vulgaires. [...] Elles étaient si belles, et moi si miteux ! Ça me rendait fou de désespoir. »

L'ARGENT ET LES MUSCLES

Bien que je haïsse la virilité *Mind and Muscle Power*, je m'efforçais de l'orchestrer dans une version atténuée : drague plus active, prise de risques, mise en danger de soi-même. J'ai partagé le désir secret de traiter les femmes « en femelles », selon le mot que Solal jette à Ariane dans *Belle du Seigneur*, en les séduisant par les moyens les plus vils, les recettes les plus convenues et les plus efficaces. Malheureusement, mes moyens n'étaient pas à la hauteur de mes ambitions.

Quelques mois plus tard, après un *date* raté avec une fille, j'ai remonté dans la nuit je ne sais plus quelle avenue, triste et dépité sans doute, mais surtout désireux d'écrire un beau mail où je pourrais raconter que j'avais erré dans les rues de New York, « éperdu, parcouru de spasmes, chantant mon désespoir, riant nerveusement aux réverbères ». En maladie comme en littérature, il y a des rechutes.

Cette année-là néanmoins, j'ai vécu une histoire d'amour passionnée avec une étudiante qui travaillait comme serveuse dans un pub, tout en devenant ami avec un jeune gay originaire d'Allemagne, spécialiste de Rimbaud, dandy sensible et créateur à la silhouette gracile. C'est lui qui m'a appris le mot « *queer* ». Le monde s'ouvrait à moi.

De retour en France, avec une bande de copains normaliens, j'ai pratiqué l'aviron, l'humour un peu alcoolisé, la déconnade tendance macho, le « bingo » lorsqu'une fille répond à votre œillade dans la rue. Tous ensemble, nous avons ramé dans la lagune de Venise lors de la Vogalonga, au milieu d'une foule chamarrée de gondoles, de barques et de yoles. Mais même dans ce groupe de mecs, j'étais la cible de moqueries. J'en souffrais, mais je m'offrais à elles, je les devançais, selon mon habitude d'histrion christique.

Lors d'un voyage au Vietnam, en 2001, j'ai pris des risques inconsidérés : je me suis perdu à la nuit tombée dans les rizières de Sapa, j'ai traversé une rivière avec l'aide de paysans qui me tenaient sous les aisselles, je me suis retrouvé nez à nez dans la jungle avec un serpent vert « deux minutes » (le temps qu'il faut pour mourir après avoir été mordu), j'ai fait de la moto sans casque sur une piste défoncée qui menait à la baie d'Halong. Magnifiques souvenirs.

Dans l'avion du retour, les pilotes m'ont gentiment accueilli dans le cockpit et j'ai assisté à l'atterrissage à Roissy. C'était évidemment avant le 11-Septembre.

Nicolas Bouvier au petit pied, j'ai aussi parcouru la Bosnie. Avec un ami, j'ai déjeuné d'un oignon dans un bus bringuebalant. Nous avons dormi dans le bouge d'un mercenaire rencontré dans un bar. Faute d'être reporter de guerre, je me contentais de photographier les immeubles de Sarajevo détruits pendant le siège, ou je lisais un roman d'espionnage dans un hamac au soleil couchant. Des images s'imprimaient malgré tout dans mon cerveau : le pont de Mostar dynamité par l'armée croate, les cimetières urbains de Sarajevo.

Être un homme pour de vrai : c'était une promesse, mais au fond je n'y croyais pas. Elle ne collait pas avec ma personne. Alors que Bob Guccione savait qui il était, ma tentation virile tournait rapidement à la comédie.

31

Désobéissance de genre

Un jour qu'à la Sorbonne je participais à une réunion de doctorants – ce devait être en 2002 ou 2003 –, le mandarin qui la présidait, cherchant des yeux qui pourrait servir de secrétaire de séance, désigna l'unique fille sur les vingt étudiants présents dans la salle. C'est la première fois que, consciemment, je me suis dit à propos d'une injustice de genre : « Voilà qui n'est pas normal ! » Ma protestation est restée tout intérieure.

J'ai soutenu ma thèse, l'université m'a ouvert ses portes. Élu à deux reprises grâce à des femmes, accoutumé à l'ubiquité des hommes d'institution, je pourrais dire que je suis un enfant du sérail, si le milieu académique n'était pas plutôt morcelé en baronnies. Ma crise d'adolescence a été tardive, mais radicale : elle a consisté à désavouer les certitudes des pères, les frontières du savoir comme l'ordre du genre. La vraie subversion est calme, réfléchie, obstinément indocile, elle se construit livre après livre en déplaçant les lignes derrière lesquelles nous sommes parqués. C'est le seul risque que je prends, mais il en vaut la peine. Mon pari consiste à embrasser avec méthode l'esprit d'indépendance – union des deux enseignements que j'ai reçus, l'un de ma mère, l'autre de mon père.

J'ai souvent désobéi à ma culture de genre : footballeur qui court paumes ouvertes, garçon porté sur les effusions de cœur, amoureux transi, lecteur enthousiaste, adorateur des mots, rédacteur de journaux intimes, poète raté, adepte des facéties qui font honte aux vrais mâles. Feintes ou réelles, mes naïvetés introduisent une distance vis-à-vis du masculin. Après une crise avec mon père, j'ai entamé une thérapie à l'âge de 36 ans. Pour un homme, ce n'est pas si tard.

La culture de la brutalité, de la querelle, du danger ou même de la drague n'est décidément pas la mienne. Ma capacité d'affirmation virile étant très réduite, il arrive qu'on croie me blesser en me rangeant dans la « catégorie » des femmes ou des gays. Peine perdue : je m'honorerais d'y appartenir. Il est vrai que, plus on avance en âge, plus on rencontre des femmes et des hommes qui apprécient cette ambiguïté. Mon ambiguïté, mon hybridité presque. Ce n'est pas tant que je suis à la fois homme et femme ; c'est que parfois je suis femme dans ma manière d'être homme, gay dans ma manière d'être hétéro. Quant à être un « vrai mec », j'y renonce une bonne fois pour toutes.

Au fond, c'est cette gêne dans la garçonnité qui m'a incité à faire des choses différentes. Mes choix d'historien peuvent se comprendre comme un effort pour dérégler tant l'académisme que ma propre masculinité.

Mes sujets de recherche : les enfants abandonnés, les filles-mères, les êtres sans importance, les victimes anonymes comme mes grands-parents et Laëtitia, autant de figures « pas convenables ». Mes partis pris : liberté, égalité, démocratie, féminisme, conditions d'une histoire où tout le monde compte, contrairement à l'Histoire conçue comme l'épiphanie des grands hommes. Mon style : fuir les postures, ces impostures qui se drapent dans le savoir comme dans une toge. Surtout, la méthode que je promeus : la création en sciences sociales. L'enquête pluridisciplinaire, la réflexivité, la recherche sur la recherche font naître des formes nouvelles. Historien, j'ai investi la sphère des mots et des émotions – des mots aussi justes que possible ; des émotions rationnelles qui font comprendre. Il y a en moi un désir de crue, mais jamais ne déborde.

L'habitus intellectuel requiert discipline et mesure, travail sur les autres et travail sur soi, comme le résume un mot que j'aime bien : ascèse, « A16 » comme avait écrit mon meilleur ami, très scientifique, dans le coin d'une feuille pour s'en souvenir, après que ma mère nous eut appris ce terme lors des révisions du bac de français. Paradoxalement, mais aussi très typiquement, la tâche que je me suis fixée – contribuer d'un seul geste au renouvellement des sciences sociales et de la littérature – a été facilitée par la légitimation que m'ont assurée l'enracinement universitaire et la préséance masculine. Homme, j'avais ces droits.

Ma volonté de réussir a fini par vaincre mon sentiment de faiblesse. J'ai poussé hors de mon sillon, accédant aux lieux de pouvoir pour y porter une contradiction, une révolte contre les injustices et les routines qu'à tort ou à raison j'associe aux hommes. Je récuse leurs hégémonies autant que je doute de moi-même. Je livre bataille contre mes positions de force. Intello juif, écrivain-chercheur, romancier défroqué, prof de fac, j'occupe une place fluctuante dans la hiérarchie du masculin, tantôt briquant ma statue, tantôt minant l'autorité que je détiens, fuyant les assignations, luttant contre la violence de mon genre, parfois sur un plateau de télévision, parfois dans un café, à la bibliothèque, aux fourneaux, à la piscine, sur le balcon de mes insomnies, parfois nulle part ou épuisé de moi-même, désireux et incapable d'échapper à la mission que l'on m'a confiée enfant.

Comme l'allemand, le yiddish possède deux termes pour exprimer ce que le français réunit sous le même mot d'« homme » : *man*, le porteur de pénis, et *mentsch*, l'être humain. Ce dernier mot est lesté d'une extraordinaire charge émotionnelle qui dit, outre l'universalité, la qualité humaine. Le *mentsch* est « quelqu'un de bien », l'individu qui agit avec modestie et intégrité, par amour de son prochain. Le compliment inespéré : « Cet homme est un *mentsch*. »

Les couvertures de mes livres forment un muret qui dissimule un jardin. Dans un coin de ce jardin se niche un petit verger sans prestige. Je suis ce verger, un

DÉSOBÉISSANCE DE GENRE

arpent de gazon avec un noyer, un rang de noisetiers, un poirier, des cerisiers et quelques pommiers qui donnent des fruits un peu acides – une plantation banale, fermée au premier abord, en fait accessible à tous.

32

Les clématites

Je ne voyais plus Yann, mon meilleur copain de CE2, sauf à la télévision. De temps en temps, il apparaissait au journal de 20 heures, un micro à la main, envoyé spécial sur les lieux d'un grave accident ou d'une émeute. Yann à la télé ! Je montais le son, j'écoutais attentivement, fier de mon copain.

Vers 2008 ou 2009, il nous a invités à dîner. Les détails de la soirée ayant complètement échappé à ma mémoire, c'est ma femme qui doit me les rappeler :

> La compagne de Yann est très enceinte de leur deuxième enfant. Elle travaille dans l'édition.
> Yann est gai, volubile.
> Ils habitent dans le sud de Paris.
> Leur appartement est très beau, meublé et décoré avec beaucoup de goût. Dans le salon, au-dessus du canapé, il y a un mur de photos magnifiquement agencées. Ce sont des tirages en couleurs de grands photographes. Yann en est passionné, il en parle beaucoup et très bien.

On dîne dehors, sur une espèce de terrasse suspendue entre deux immeubles, un endroit à la fois cosy et champêtre, avec des clématites. C'est Yann qui s'occupe des plantes de la terrasse. Il connaît les différentes variétés de clématites. C'est une soirée douce, à la fin du printemps ou au début de l'été.

Je n'ai pas rendu son invitation à Yann. On s'est de nouveau perdus de vue.

Après avoir intégré Polytechnique, Krishna s'est marié et a eu deux enfants. Comme moi, c'était un pitre sentimental. Il chantait :

> On s'était dit : rendez-vous dans dix ans,
> Même jour, même heure, mêmes pommes,
> On verra quand on aura trente ans
> Sur les marches de la place des Grands Hommes.

En 2009, il s'est tué dans un accident de montagne. Il avait été désigné pour porter le cercueil de Mitterrand. Je ne sais pas qui a porté le sien au moment de la dernière marche, mais, quand je passe sur la place du Panthéon et que je vois inscrit à son fronton « Aux grands hommes la patrie reconnaissante », je salue la mémoire de ce garçon haut comme trois pommes, ce gai luron qui ne buvait pas plus que moi aux soirées de Clamart, et qui ne verra pas ses enfants grandir.

Krishna (1973-2009)

33

Un déjeuner avec Yann

Le jour même de la sortie de *Histoire des grands-parents que je n'ai pas eus*, le 5 janvier 2012, j'ai contracté une pneumopathie qui m'a physiquement éprouvé et moralement abattu.

Guéri aux dires des radiologues, je restais fébrile de la fièvre que je n'avais plus, incapable de dormir après toutes ces nuits blanches où j'avais cru mourir. Mon état de défaillance généralisée m'obligeait à activer le pilote automatique en présence des quelques journalistes qui s'intéressaient à mon livre. Une ardeur d'historien et une piété de petit-fils semblaient m'habiter ; en vérité, j'étais éteint. J'avais subi la plus vénielle des maladies graves, la plus grave des maladies vénielles, mais surtout je souffrais d'un mal venu de loin, comme si, faute d'avoir réussi à ramener mes grands-parents à la lumière du jour, je m'étais résolu à demeurer avec eux dans les ténèbres.

Ma femme ne partage pas cette analyse. Pendant les cinq années que ma recherche a duré, elle a été frappée par la distance que j'ai gardée vis-à-vis de mes émotions – une autre forme de pilotage automatique. Je me comportais en pur historien, comme si je n'étais pas relié au sujet de ma recherche. Pas une seule fois je n'ai accepté l'idée que j'étais triste, infiniment triste. L'autorisation n'est jamais venue. J'ai mené mon enquête, voyagé, interrogé des témoins, assuré en tout point, j'ai tenu bon jusqu'à la fin et, quand le livre est sorti, c'est mon corps qui a lâché. Il fallait que ma peine s'exprime d'une manière ou d'une autre.

Un mois plus tard, c'est encore Yann qui a repris contact avec moi. Même si je n'avais pas eu l'idée de le rappeler pendant ces trois ou quatre années, j'étais heureux d'avoir de ses nouvelles. Je sortais d'une période très sombre.

Nous avons déjeuné dans un restaurant de la rue Soufflot, cette artère au cœur du Quartier latin dont la perspective est bouchée par le Panthéon. Yann était comme je l'ai toujours connu, beau, détendu et souriant. Sa peau cuivrée, ses cheveux très noirs, ses sourcils fournis et ses mâchoires carrées le faisaient ressembler à un jeune pêcheur catalan à la proue de son embarcation. Moi, le colporteur voûté des souvenirs des autres, j'étais bien placé pour sentir le potentiel de séduction solaire qui émanait de lui.

Lors de ce déjeuner de retrouvailles, nous avons récapitulé nos vies avec cette fluidité que conservent à jamais les amitiés d'enfance. Il était journaliste, rédacteur en chef adjoint du 19/20 sur France 3 et chargé de cours à l'École supérieure de journalisme. Il était en train de développer un projet qui lui tenait à cœur : un nouveau rendez-vous d'information, présenté à bord d'un train qui traverserait la France pour aller à la rencontre des gens, écouter leurs préoccupations, faire une radioscopie du pays. Il était heureux en ménage. Sa sœur jumelle, illustratrice de livres pour enfants, rencontrait un succès croissant dans le monde entier.

Puis, au dessert, Yann m'a raconté qu'il avait tenté de se suicider, mais que la corde avait cédé sous son poids. Il n'y a eu aucun changement de ton, aucune déperdition de sourire et de légèreté entre le moment où nous avons évoqué sa brillante carrière de journaliste, la scolarité de ses enfants, les loisirs de ses parents désormais à la retraite, et sa tentative de suicide. Sa jovialité était égale, intacts son naturel et sa spontanéité, comme s'il me racontait une anecdote vécue lors d'un reportage. Aucun pathos dans son propos, pas la moindre trace de regret, si ce n'est, peut-être, celui d'être encore en vie.

Décontenancé, je me suis composé un visage grave. À mesure que Yann parlait, je me demandais s'il disait la vérité ou s'il affabulait. Par politesse et sans y croire moi-même, je lui ai fait valoir que la vie était belle, qu'il fallait résister aux moments de déprime. Il m'a répondu que, en ce jour où il avait décidé de mourir, la corde s'était cassée : issue heureuse ou malheureuse, c'était comme ça. Son désir de ne plus vivre était une donnée dont il savait devoir tenir compte. Et on a changé de sujet.

Le pilote de son émission, intitulée *Ligne directe*, a été diffusé le 26 mars 2012. Telle un « *rail movie* », elle concevait l'information comme une mise en mouvement, un voyage. Je ne crois pas qu'elle ait été reconduite.

Deux ou trois mois plus tard, Yann m'a rappelé pour me proposer un autre déjeuner. Comme j'avais beaucoup de travail, je n'ai pas donné suite.

Au mois d'août, il est parti en vacances à Cadaqués, le berceau de sa famille, avec sa femme, leurs enfants, la famille de sa sœur et des amis. Un matin, il a disparu. Les bruits et les rires se sont tus dans la grande maisonnée pleine de soleil. L'inquiétude s'est installée, puis la panique. De longues heures se sont écoulées avant que l'on retrouve son corps, pendu dans la forêt. Il avait 39 ans.

Un présentateur, quelques sites Internet ont rappelé que Yann avait collaboré à des émissions comme *Télématin*, *Envoyé spécial* et *Complément d'enquête*. Un collègue se disait « abasourdi », un autre évoquait un « mec bien et merveilleux ».

À la rentrée, j'ai écrit à ses parents. Ma lettre disait mon amitié pour Yann, l'admiration que je lui portais. J'évoquais aussi mon sentiment de culpabilité, parce que je n'avais pas accepté le déjeuner qu'il m'avait proposé peu avant de se tuer.

C'est son père qui m'a répondu. Il avait tracé quelques lignes sur un faire-part illustré par la sœur de Yann :

UN DÉJEUNER AVEC YANN

on y voyait un oiseau vert pâle, les ailes déployées en forme de croissant, qui volait en tenant un cœur dans son bec.

Paris, le 12.9.2012
Ivan, merci pour cette belle lettre. Yann souffrait tellement qu'il a préféré nous quitter. Je savais qu'il appréhendait la rentrée à cause de son état, mais j'espérais que les vacances avec ses enfants et ses amis le remettraient sur pied. Je me suis trompé, même si au fond de moi-même, je savais qu'il était hélas en sursis. C'est un miracle que sa tentative de suicide, il y a deux ans, n'ait pas réussi.

Neuf mois plus tard, le père de Yann a été terrassé par une crise cardiaque. Il avait 70 ans. D'autres journaux, d'autres sites ont annoncé le décès du « grand reporter à Europe 1 dans les années 1970-1990, créateur d'émissions de radio et de télévision ».

Yann, qui me semblait persistant comme un feuillage sous le ciel de Méditerranée, était fragile comme ses clématites. Il traversait des épreuves terribles et il en parlait avec naturel ; je vivais des non-événements et j'en faisais toute une histoire.

Alors que nos chemins avaient déjà divergé, je pense souvent à Yann, mon alter ego du CE2, et à notre enfance qui s'est envolée d'un coup. Parfois, dans la rue ou dans le métro, j'ai l'impression de le voir. Devant moi, un homme de sa corpulence, la peau mate, les cheveux noirs. Je m'approche ; ce n'est pas lui.

Yann (1973-2012)

34

L'âge d'homme

Il est temps d'achever. Par cette socio-histoire de ma garçonnité, j'ai voulu comprendre la construction du genre en moi, par le biais de la famille, de l'école, du sport, du divertissement, de la sexualité, de l'écriture, des modes de consommation, des systèmes de croyances, c'est-à-dire l'élaboration sociale au terme de laquelle, né garçon, je suis devenu homme. Comment la masculinité nous donne-t-elle une forme individuelle autant que collective ? Comment notre enfance, qui n'excède pas vingt années, est-elle dépositaire de la « longue durée » historique ? Ce faisant, je poursuis mon projet : mettre au jour la vérité de nous-mêmes, c'est-à-dire l'ensemble des points de contact entre nos structures personnelles et les structures sociales.

À la fin du XXe siècle, de l'enfance à l'âge adulte, mon parcours de genre a été accompagné par une série de mouvements : la reprise de l'intégration des Juifs après la guerre, la pression familiale et sociale pour « réussir », la création de filières d'excellence au service des classes favorisées, le déclin de la force physique et de la virilité populaire, la mondialisation culturelle dans sa version nippo-américaine, la norme de la séduction hétérosexuelle, la montée en puissance du porno, la fin du service militaire.

Mon esprit de compétition, parachevant l'élitisme auquel j'ai été soumis dès le plus jeune âge, a compensé à la fois la déphallisation de mon corps due au naturisme et la déstabilisation de mon père à cause de sa souffrance d'orphelin. Quand, au milieu des années 1980, l'avènement de l'histoire-mémoire m'a fait percevoir la mort comme une injustice et la vie comme une succession d'archives qu'on produit et de traces qu'on laisse, j'étais prêt à entrer au service des fantômes.

Voilà les éléments qui composent la molécule que je suis.

Même s'il est fondé sur une problématique, une bibliographie et des sources, ce travail est largement anachronique. Car, pendant toutes ces années, le genre a été pour moi une non-question, un mot vide de sens. J'ai été petit garçon, écolier, adolescent, lycéen, jeune homme, étudiant, soldat, thésard, sans éprouver le besoin de m'interroger sur la masculinité – la mienne et celle des autres. L'oubli est réparé. Faire de l'histoire, c'est aussi se poser les questions que l'on ne se posait pas, introduire des mots qui n'avaient alors aucune signification.

Ce livre n'aurait pas été possible sans #MeToo : l'événement nous a permis de relire notre itinéraire de genre, notre éducation, nos expériences de fille ou de garçon, en déchiffrant les rôles que nous avons endossés – ou pas. Né garçon et élevé comme tel, je n'accorde pas un grand prix à la masculinité. Mon être-homme constitue moins un titre de gloire qu'une identité en perpétuelle recomposition.

Il me semble que tout homme (et toute femme) compose avec l'apprentissage qu'il a reçu. Tantôt il saisit ses responsabilités à bras-le-corps, revendique le pouvoir en conséquence ; tantôt il prend la mesure de son inadéquation. Assumer son incompétence de genre n'est pas évident. En ce qui me concerne, les quatre composantes de ma masculinité s'ordonnent en un équilibre instable.

La parodie virile

La sociabilité des hommes ne me pose aucun problème, du moment qu'elle exclut la misogynie, l'homophobie, l'agressivité. J'ai fait du foot et des soirées foot, de l'aviron et des soirées bières. Quand j'étais jeune, avec mes copains, on parlait des nanas comme les filles entre elles parlaient des mecs. Aujourd'hui, les voitures, les avions, les fusées, les gratte-ciel, les techniques de pointe me fascinent, sans toutefois me passionner. Mon père m'a légué son intérêt pour la physique nucléaire et la conquête spatiale. Je possède une belle montre en acier poli à boîtier étanche qui m'a coûté assez cher. La sobriété est le seul style vestimentaire auquel je sois attaché : jean, chemise blanche ou bleu clair, parfois une veste.

Depuis quelques années, je me fais couper les cheveux chez un coiffeur pour hommes qui s'appelle « Les Mauvais Garçons ». Certains n'y viennent que pour la barbe et la moustache. L'atmosphère est détendue, on y entend des gros rires, mais aussi des confidences sur la vie de couple, les enfants, le travail, les problème de santé, exactement comme dans un institut de beauté. Malheureusement, dans ce genre de lieu, je me sens souvent en décalage : je ne sais pas quoi dire, je n'ai aucun sens de la répartie, je reste à écouter, un peu niais, comme quand j'étais ado. J'aimerais bien en être, mais je n'en suis pas. Mon aversion pour la cigarette, l'alcool et le café m'exclut de certaines fraternisations. Je suis celui qui fête ses succès à l'eau fraîche. À l'inverse, les situations de conflit me laissent tellement désarmé que je préfère la sortie (*exit*) à la protestation (*voice*), pour le dire avec les mots d'Albert Hirschman : pas de cris, pas de colère, pas de menaces, mais la défection. Je fuis les luttes dont l'enjeu est l'accès aux honneurs, les conversations gonflées de testostérone et de prosélytisme. Mon opinion ne me paraît pas assez intéressante pour être formulée, encore moins imposée. D'ailleurs, le plus souvent, je n'ai rien à dire.

Au fond, mon désir de virilité relève de la contrefaçon : vrai-faux mâle comme mon père, vrai-faux rebelle comme Renaud, vrai-faux saoulard dans les beuveries, vrai-faux soldat au service militaire, vrai-faux dragueur. Chez moi, le processus de masculinisation n'est pas allé jusqu'à son terme.

Le dégoût pour la violence
La violence, quelle qu'elle soit, m'inspire autant d'effroi que de dégoût. Je n'éprouve aucune fascination pour les bandits, les voleurs, les violeurs, les meurtriers, les terroristes, figures tutélaires de certains écrivains qui, par romantisme, les font passer pour des Robin des Bois ou des libérateurs. À Sartre qui approuvait l'assassinat de colons pendant la guerre d'Algérie, Camus répondait que la violence, fût-elle nécessaire, ne saurait être légitimée. Pendant l'une des deux guerres mondiales, aurais-je tué un Allemand ? Des intellectuels, des poètes l'ont bien fait. Alors ? Je suis incapable de répondre à cette question.

Heureusement, elle ne se pose pas. Car, pour l'heure, ce sont toujours des Juifs qui sont assassinés : attentat de l'AMIA à Buenos Aires en 1994, enlèvement et meurtre d'Ilan Halimi en 2006, massacre dans une école de Toulouse en 2012, attentat dans un musée de Bruxelles en 2014, prise d'otages dans le magasin Hyper Casher en 2015, attaque d'une synagogue à Halle en 2019, fusillade dans un supermarché juif à Jersey City en 2019.

Historien, je raconte la vie de ceux qui l'ont perdue. Savoir de quelle étoffe ils étaient faits, les coudre dans le linceul de leur temps. Assembler les morceaux de *shmatès* dépareillés, déchirés, élimés, usés jusqu'à la trame, pour obtenir un costume mettable : une activité de Juif. Filer, nouer, couturer, repriser, recoudre : la compétence textile reconnue aux femmes depuis le Néolithique. Le judaïsme féminise les hommes, et c'est une bonne chose.

Dans une nouvelle intitulée « L'autre », Borges rencontre sur un banc un jeune homme qui est lui-même, avec un demi-siècle de moins. Je n'ai pas rencontré l'autre, mais tous les autres et toutes les autres – car, défaisant certains nœuds, j'ai caressé quelques-unes des fibres dont nous sommes tissés, vous et moi.

Le pouvoir social

Bien évidemment, ma blanchité, mon hétérosexualité, mon milieu d'origine, mes diplômes, mon statut de professeur, mes livres, le caractère public de mes interventions confèrent un pouvoir à l'homme que je suis : double profit de la masculinité, celle de l'être-à-pénis devenu puissant socialement. Les codes de mon genre me sont parfaitement connus. Les défis ne me font pas peur. Dans le domaine de la mémoire et de l'écriture, je suis en service commandé.

En littérature, mes trois héros sont Robinson Crusoé, Julien Sorel et le comte de Monte-Cristo. Ils incarnent à mes yeux une forme d'énergie masculine : refus du sort qui leur est fait, détermination à y échapper, armes de la ruse et de l'orgueil. J'admire aussi en eux la volonté de fer qui les entraîne dans une mission plus grande qu'eux – salut, ambition, vengeance – où leur individualité s'abolit. Ils savent quel est leur devoir : faire renaître la civilisation, s'élever socialement, écraser les méchants sous le marteau de Dieu.

Comme Robinson, je veux survivre à mon naufrage. À moi de rendre mon île habitable.

Mon nom est d'origine obscure, mais il a été porté par les résistants du XXe siècle, qui étaient émigrés, artisans, militants. Il n'y a pas lieu d'en rougir. Comme Julien Sorel, « je suis petit, mais je ne suis pas bas ».

Humain sans pardon, impassible en apparence, affectant une froideur que peuvent seuls vaincre ses intimes, mystérieux pour les autres, protéiforme, usurpant un titre aristocratique qu'il mérite pourtant, expert à dissimuler sa blessure comme son désir de vengeance, tel est Monte-Cristo. Parce qu'il chérit ses fantômes, il se révèle plus fort que les généraux, les pairs de France et les officiers de la Légion d'honneur. Moi-même, je suis impitoyable envers ces ennemis que sont le cynisme, le mensonge, la routine, l'indifférence ; dévoué à ceux qui n'ont plus que nous, et destiné à les rejoindre. Tel Monte-Cristo, je suis un anonyme provisoirement sorti de l'anonymat pour l'amour de quelques anonymes.

Ce n'est donc pas un hasard si ma conscience de classe est aussi aiguë que ma conscience historique : l'ascension sociale me permet de surmonter le décalage des époques, le dénivelé des contextes, le grand écartèlement temporel qui nous éloigne et nous sépare de nos devanciers. Mon activité consiste à enregistrer un débit. La source est devenue fleuve. Je suis gros des orages subis par les autres. Arraché au malheur, mais lesté du poids de cet héritage, le transfuge quitte les siens par fidélité, et les blocs de colère qu'il charrie en son courant témoignent d'une loyauté à toute épreuve. En suivant cette pente, je me suis élevé. Faire de l'histoire me permet de rester ancré dans mon vrai monde, celui des humiliés, la matrice originelle, le patchwork qui me tenait chaud dans mon berceau. Le bébé était déjà vieux, mais, par une sorte de compensation, l'homme mûr sera toujours un petit garçon.

L'éducation princière que j'ai reçue dans ma famille et à l'école me confère une noblesse qui heurte ma foi démocratique. Heureusement, cette dernière prévaut. Être de plain-pied avec les autres est mon unique qualité d'homme sans qualités. J'aime écrire, mais plus encore écouter. Le sentiment de ne pas savoir grand-chose me pousse vers les archives, les mémoires, les témoignages, les récits de vie. Compétition et humilité, clôture égocentrique et ouverture d'esprit : la production de soi coïncide avec la certitude d'être comme les autres. C'est l'un des paradoxes de la masculinité de contrôle et de sacrifice. Pour le dire autrement, le pouvoir social que j'ai acquis parmi les vivants provient de recherches motivées par ma radicale égalité avec les morts.

Je suis un bon garçon aux manières polies, mais ma poitrine ne renferme pas un cœur d'or. À la place, il y a un cœur de bronze, et cette urne contient des cendres. Du reste, j'aime bien le bronze : chaleureusement doré, ce métal a prêté sa dureté aux épées des premiers âges, son reflet verdissant aux cuirasses que je regardais dans les vitrines des musées de Grèce ou d'Italie en descendant tout loqueteux du camping-car. Il est aussi la récompense des sous-premiers, ceux qui se classent troisièmes sur le podium.

Le garçon hanté
Les angoisses occupent mon esprit. La moindre plaie annonce le tétanos, toute douleur me condamne. Dans la même journée, j'ai la force de redouter une agression, un accident de la route, un empoisonnement, une crise cardiaque, le diagnostic d'une tumeur. Car il faut une certaine force d'esprit pour supporter cette fragilité, le spectre de l'effondrement immédiat, la folie qu'est l'anticipation minutieuse de sa propre disparition. Je n'arrête pas de vivre ma mort, et il faut croire que c'est cela qui me maintient en vie.

Parfois, je sens que je vais trop loin. J'abuse autant que je m'abuse. La panique coexiste avec la satisfaction d'apparaître comme un « pauvre Ivan » qu'on doit plaindre. Ce personnage tout droit sorti d'une ballade de Verlaine, qui lui-même s'était rebaptisé « pauvre Lélian », anagramme de son nom, traîne son malheur comme d'autres leurs savates : « Priez pour le pauvre Ivan ! »

Mais l'invention de risques absurdes est une activité comme une autre, et cette posture de victime, ce jeu qui n'en est pas un, devient un dérivatif à mon anxiété en m'offrant toute une série d'atouts, capacité de travail, acuité de la vigilance, surconscience du qui-vive. Le couple anxiété-obsession est très puissant : pour échapper à ses angoisses, il suffit de se concentrer sur l'une d'elles et de la traiter, comme on traite un problème ou un déchet. Si l'on arrive à privilégier celle qui procure des avantages sociaux (études, travail, écriture), on gagne sur les deux tableaux : on acquiert du pouvoir tout en se soignant.

Le moment difficile survient lorsque l'obsession « productive » cesse, après que l'objectif a été atteint ; les autres angoisses s'engouffrent alors dans l'espace laissé vacant. J'aimerais que tout cela s'arrête, ne serait-ce qu'un instant. Je pourrais souffler.

Parce que mon enfance a été à la fois un âge d'or que l'on m'a offert et une violence que l'on m'a faite, je suis la bonne étoile et la *yellow star*, le roi et son bouffon, une figure d'espoir et un morceau de rien, le solide investissement familial et la pièce de dix centimes qu'on ne se fatigue pas à ramasser si elle tombe dans le caniveau. Cela ne me dérange pas : les sciences sociales, à plus forte raison quand on les applique à soi, font prendre conscience que notre individualité se situe à l'intersection d'une trajectoire sociale, d'une rayure d'histoire et d'une ligne de chance.

35

La « petite en violet »

Quatre ans après la mort de Yann, j'ai reçu un message via Facebook :

Bonjour,
Juste une petite anecdote.
Je suis tombée tout à fait par hasard, dans ma salle d'attente, sur un article vous concernant dans *Paris Match*. Votre nom et prénom m'ont interpellée (plus que votre visage, j'avoue, mais quand même, je crois m'en souvenir un peu).
J'ai vérifié dans Wikipédia : 1973, ça colle. Bref, je crois que nous étions dans la même classe en CE2 ou CM1. Peut-être que ça ne vous dit rien, mais je trouvais les circonstances assez drôles !

À ce message était jointe une photo de classe numérisée, avec ce commentaire : « C'est bien vous, non, de profil ? Je suis la petite en violet, avec les nattes sur la tête. »

C'était Cloé.
Sur le moment, je n'ai ressenti aucune émotion. Cela faisait si longtemps. Aujourd'hui, je sais que je n'aurais pas écrit ce livre sans elle. Au moment où je m'y suis décidé, je lui ai proposé un sujet de rédaction : « Cloé à 8 ans. »

Témoignage de Cloé

J'ai 8 ans. Je suis à l'école Antoine-Chantin du XIVe arrondissement pour deux années (CE2 et CM1). J'habite alors rue de Coulmiers à Paris.

Ce fut une année douloureuse de petite fille, car mes parents se sont séparés six mois pendant cette période. Même s'ils se sont remis ensemble après, mon entourage scolaire fut très important pour moi à cette époque. Je dormais très souvent chez des copines. Je pense que c'était pour échapper à la tristesse de ma mère à l'époque et pour retrouver des familles unies.

Je me souviens de trois copines : Emmanuelle, que j'ai perdue de vue, mais on a continué à se voir longtemps après mon déménagement à Montrouge. J'adorais aller chez elle, car elle avait une très grande chambre (ses parents avaient aménagé le grenier pour elle) et sa maman avait le même jour d'anniversaire que moi. Elle ne me ressemblait pas du tout (grande brune), mais nous étions complémentaires. J'avais l'impression d'aller chez des gens riches.

LA « PETITE EN VIOLET »

Il y avait aussi Carole, qui habitait dans un appartement non loin de l'école, au bout de la rue. Je ne me souviens plus trop de nos relations, mais j'aimais aussi aller chez elle, car sa famille était complètement différente de la mienne : très classique, bourgeoise. Carole avait des barrettes et des souliers vernis, que ma mère a toujours refusé de m'acheter, et maintenant j'en ai toujours une paire. Il y avait un gros pot de bonbons en haut dans la cuisine, interdit chez moi. Là encore, bien que je n'aie manqué de rien (sauf de bonbons, de souliers vernis et peut-être de Walt Disney, qu'on ne m'emmenait pas voir), j'avais l'impression d'être chez des gens riches. J'étais toujours en robe, ce qui est encore le cas maintenant, et ma coiffure préférée était lorsque ma mère me faisait, pour les occasions, des tresses de chaque côté qu'elle rassemblait sur le dessus de ma tête (quelle horreur !). J'adorais faire du shopping avec elle pour m'acheter des robes rue d'Alésia.

Enfin, il y avait Sophie, qui habitait à 50 mètres de chez Carole, mais dans un appartement beaucoup moins chic. Sa famille avait moins de moyens. Elle était très gentille et discrète.

Parmi mes copains, je me souviens surtout de toi et de Yann, ainsi que de sa sœur. Un peu de Fabian. Yann était plus « costaud » que toi et plus « garçon » dans sa sensibilité.

Je ne me souviens pas bien de l'ambiance dans la classe. Dans la cour, nous jouions à la déli-délo avec vous et je faisais beaucoup d'élastique avec mes copines, j'étais assez forte. Il y avait de grands platanes dans cette cour, non ?

J'ai le souvenir de toi comme un petit garçon très souriant, attentionné, attentif et gentil. Tu avais souvent les cheveux trop longs, ce qui faisait ton charme. Ils étaient très noirs, ainsi que tes yeux, avec un regard profond. Tes traits étaient fins, ton teint clair. Tu étais mince. Je te revois en pantalon de velours, avec souvent des chemises à carreaux. Tu étais mon amoureux et cela a duré trois ans, car en CM2, lorsque j'ai déménagé, tu n'as pas eu d'égal. J'étais assez exclusive et probablement que je me nourrissais de cet amour platonique pour surmonter l'épreuve de mes parents qui se séparaient. Tu étais un enfant vif, tonique, mais pas excité, réfléchi. Ma mère t'aimait bien et ça, c'était important qu'elle te trouve mignon !

Je suis partie en colonie de ski avec Emmanuelle. Je devais être en CM2 et on a eu une de nos premières boums à la fin de la colo. Un certain Samuel, avec qui j'avais sympathisé, m'a invitée à danser un slow. J'étais folle de rage, je ne voulais pas te partager. Alors que j'étais une petite fille de bonne famille, je lui ai fait un bras d'honneur !

Je crois que j'aimais aussi ta part de mystère. Je pense me souvenir que j'étais au courant pour tes grands-parents. À l'époque, et encore maintenant bien sûr, j'étais très effrayée par cette période de l'histoire, mais surtout parce qu'elle te touchait, et non pour des raisons politiques et historiques. Je n'avais que 8 ans.

LA « PETITE EN VIOLET »

Je ne me souviens pas d'avoir été chez toi et je ne me souviens pas de toi chez moi. En revanche, mon dentiste était juste en face de chez toi. J'avais des caries et j'y allais souvent. Je passais devant chez toi en imaginant ton intérieur, ce que tu faisais et, je ne sais pourquoi, je t'imaginais occupé avec ton père. En parlais-tu souvent ? Tu vas rire, mais en fait, à l'époque, j'avais un deuxième amoureux et ça, depuis le CP : c'était Superman ! Je m'inventais des histoires avec toi en Superman pour moi. Je faisais plein de ce que j'appelle des « rêves éveillés », avec ces histoires que je m'inventais, en m'inspirant bien sûr des films. Une fois, mon père m'a emmenée voir le dernier *Superman*. En rentrant, je pleurais tellement j'en étais amoureuse et que cet amour était impossible.

Je t'ai même écrit une lettre anonyme que je n'ai jamais postée (et dommage, je ne l'ai pas gardée) en m'adressant à « mon Superman ». Afin qu'elle soit anonyme, je découpais des lettres dans les catalogues et les collais sur une feuille pour former des mots.

Je ne me souviens que de deux anniversaires : un chez Yann (mais peut-être avais-je déjà déménagé ?) et un chez moi à Montrouge en CM2, où tu étais venu avec Yann. C'est drôle, mes parents ne se souviennent pas que j'invitais des garçons à mes anniversaires. Celui de chez Yann, j'étais hyper contente, car tu y étais. Retrouvailles ?

Cela m'a fait énormément plaisir de raconter tout cela. J'ai peut-être été impudique, mais, comme tu l'as dit, c'était il y a plus de trente ans. Tu peux le romancer à ta guise, s'il y a des choses qui t'inspirent. Tu peux m'appeler par mon vrai prénom avec la réelle orthographe, Cloé, cela ne me gêne pas du tout.

Amicalement,
Cloé

36

Être avec elle

Je définis la « genration » comme le processus par lequel le genre détermine une génération, la manière dont l'identité sexuée s'inscrit dans le temps des individus. Dans ce livre, j'ai étudié ma genration pour savoir quelle garçonnité a été prescrite aux jeunes mâles de ma cohorte et, réciproquement, comment ils l'ont comprise, interprétée, adoptée, parfois contredite ou rejetée. Ainsi ai-je mené mon enquête sur nous garçons, sur le nous-garçon.

Si je faisais une histoire spécifiquement culturelle ou sociale, je parlerais d'une génération *Récré A2* ou d'une génération crise, née dans les années 1960-1970, marquée par la fin de la guerre froide, la chute du mur de Berlin, le sida, le chômage et la montée de l'individualisme. Associée au déclin des utopies, la précarité des petits boulots sous-payés a entraîné la désillusion des *mileuristas* espagnols ou de Hippo dans *Un monde sans pitié*. En un mot, c'est la génération des enfants des baby-boomers, ces jeunes qui n'ont pas eu les mêmes chances – plein emploi, ascenseur social, stabilité nationale et internationale – que leurs parents.

Évidemment, cette caractérisation sociologique est mal adaptée à mon cas, entre autres parce que je suis devenu fonctionnaire à l'âge de 21 ans. Il y a aussi qu'elle ne tient aucun compte de la socialisation sexuée. Si j'introduis le critère du genre pour caractériser l'enfance des garçons de mon âge, je parlerai alors de genration Goldorak, Rubik's Cube, Platini, demi-finale de Séville en 1982 ou film porno crypté sur Canal+. Pour les filles, une genration Candy, poupées Barbie, Jean-Jacques Goldman, *OK !*, élastique dans la cour de récré ou chorégraphie sur la musique de *Flashdance*. Mais toutes ces caractérisations renvoient à des objets ou à des modes. Qu'en est-il de la genration diachronique, depuis la naissance jusqu'au sortir de la jeunesse ?

On ne saurait exagérer l'importance des rites de passage dans la société du XIXe siècle : pour tous les enfants des classes populaires, la première communion, l'examen du certificat d'études, l'entrée en apprentissage, les émotions du bal et, pour les garçons en particulier, le premier verre d'alcool, la première visite au bordel ou encore la conscription. Pour ce qui me concerne, né et élevé dans une métropole à la fin du XXe siècle, j'ai du mal à distinguer les grandes étapes de ma socialisation de genre : la fin des culottes courtes, le rasage de ma moustache naissante, la puberté, l'obtention du permis de conduire, l'accès à la majorité, le droit de vote (à l'occasion du traité de Maastricht en 1992) et le service militaire n'ont donné lieu à aucun rite de passage familial ou institutionnel, si ce n'est sur le mode de la dérision. Seule l'école a occasionné quelques « tournants de masculinité », au sens des « *turning points* » que Colin Heywood analyse dans *Growing Up in France*. Dois-je en conclure à la désactivation des valeurs viriles sous la triple influence de mon milieu bourgeois intellectuel, de la culture juive et de mes études littéraires ? Non. Ma genration répond à deux principes essentiels.

Le principe de domination

Dessin animé, jeu vidéo, pornographie : la triade est commandée par l'unilatéralité, tuer sans être tué (*Goldorak*, *Space Invaders*), manger sans être mangé (*Pac-Man*), baiser sans être baisé (films X), c'est-à-dire réduire autrui à un individu-objet fait pour être éliminé, s'il est un homme, ou possédé, s'il est une femme.

Ces activités plus ou moins phalliques, qui ont pris une importance démesurée avec l'essor d'Internet, procurent de l'excitation, sinon du plaisir. Peu importe que leur champ d'exercice soit virtuel, elles manifestent un désir de domination : vaincre, gagner, niquer dans tous les sens du terme. Bien sûr, ce n'est pas parce qu'on joue à *Fortnite* qu'on est un tueur en série ; mais ces masculinités-défouloirs permettent d'extérioriser une violence. En ce sens, elles sont obscènes.

Le principe de malheur
Le travail nourrit une aliénation masculine, soit parce que le surinvestissement productif finit par épuiser le mâle alpha, soit parce que le chômage et la précarité brisent des hommes conditionnés pour être des soutiens de famille.

J'en arrive à la question de la surmortalité masculine, imputable à des facteurs sociaux : mauvaise hygiène de vie, tabagisme, alcoolisme, addiction, stress, accident de la route, accident professionnel, prise de risques, suicide. Dans les années 1980-1990, l'épidémie de sida a décimé toute une génération, notamment Michel Foucault, Bernard-Marie Koltès, Freddy Mercury, Jean-Luc Lagarce et Jacques Demy. Je limite la liste à des intellectuels et artistes que j'aime.

Autour de moi, dans un cercle de connaissances éloignées, plusieurs hommes sont morts très jeunes, emportés par le sida, un accident de VTT, une overdose, une embolie pulmonaire après plusieurs voyages en avion, un mélanome après avoir tardé à consulter un dermatologue. Dans le cercle de mes proches, en plus de l'accident mortel qui a emporté Krishna, il y a eu deux suicides et demi : Yann, avec qui je jouais aux billes ; Benoît et Patrick, qui commençaient à se détruire dans les beuveries auxquelles je participais, moi, de manière ambiguë.

Deux principes, donc : domination et malheur. Mais n'y a-t-il, pour les hommes, que ces deux destins, tuer ou se tuer ? Jouer à *shoot 'em up* ou se foutre en l'air ? D'une certaine manière, je n'ai pas échappé à ces violences. Je domine ; je suis dominé. Un peu reconnu, trop inquiet. Le jeu n'en valait pas la chandelle.

Cela fait bien longtemps que mes parents m'ont donné quitus, mais la crainte de décevoir fait proliférer en moi des exigences, des obsessions tournant en boucle. Mon mandat rempli, j'ai pourtant le droit d'être heureux.

Mon cœur assoiffé de consolation se contenterait de paix. Mais tel était le prix de mon ambition : qui choisit d'escorter les fantômes n'accompagne rien d'autre que sa folie.

Aujourd'hui, j'ai écrit la biographie d'un disparu. Pour le retrouver, il ne suffisait pas de descendre en moi comme dans un puits ; il fallait aussi en sortir pour aller chercher sa trace dans les témoignages, les archives, les objets, les photos. Obtenir non pas « plus de moi », mais « moins de moi », avec toujours davantage d'institutions, de collectifs, de groupes sociaux. Pour retrouver un disparu, le faire disparaître encore davantage.

Cloé exerce comme médecin dans le centre de la France. Elle devait se rendre à Paris pour assister à un congrès. C'était en décembre 2019, avant le coronavirus. Nous nous sommes retrouvés pour des activités dont nous n'imaginions pas, à l'âge de 8 ans, qu'elles fussent possibles : se déplacer en ville sans ses parents, aller au restaurant, commander ce que l'on veut sur le menu, prendre à la fois un Coca et un dessert, payer avec sa carte bleue. Nous avons dû résumer presque quarante ans en deux heures.

Il est frappant de voir à quel point un amour de CE2 peut orienter imperceptiblement une vie – le prénom d'un conjoint, la coiffure d'une enfant. Elle et moi, chacun à sa manière, sommes fiers de nos accomplissements familiaux et professionnels. Nous sommes heureux dans la vie que nous avons choisie. Nos enfants nous donnent du *nakhès*.

Cloé m'a expliqué que la cause d'un suicide est à chercher dans la maladie, pas dans l'attitude des autres qui n'ont pas vu ou pas su. Les psychiatres parlent de « bouffée délirante aiguë », une sorte de trouble psychotique. Elle connaît deux femmes dont les maris se sont pendus : l'un en forêt, l'autre dans son cabanon, chacun laissant plusieurs enfants. Ils se suppriment sur un coup de tête, sans rien préparer pour l'après – même si, de toute façon, ce genre de vide ne peut être comblé.

Je suis resté en vie, mais j'ai disparu plusieurs fois. Loin de moi vivent désormais tous les garçons que j'ai été. Par le miracle de sa présence, Cloé en a fait réapparaître un. Alors j'ai pu lui dire que j'étais amoureux d'elle, que je l'ai toujours aimée, que tous les amours que j'ai vécus par la suite avaient l'élan de celui qu'elle m'a inspiré et que, si elle n'est pas la femme de ma vie, elle est la fille de mon enfance.

Je désirais seulement être avec elle, sentir son énergie, sa blondeur, la tonicité de son corps, l'allure de sa silhouette rapide, son attitude un peu nonchalante au repos, quand elle s'arrêtait de courir hors d'haleine. Son indépendance me faisait envie. Je n'avais d'autre désir que d'être en sa présence. Nous ne nous touchions pas, mais nos âmes étaient en contact. Cela me suffit encore aujourd'hui.

Et puis... elle aime mes livres.

Petit Ivan a disparu, petite Cloé aussi. C'est pourquoi, là où ils sont, on peut les laisser se poursuivre dans la cour de récré, se donner la main et s'aimer, sans que ni le mari de Cloé ni l'épouse d'Ivan en soient blessés.

Je m'arrêterai une après-midi d'été. La position du zénith qui fut la mienne, structure de toute ma vie, s'infléchira légèrement pour devenir une courbe, un arc sans flèche. Cela se passera dans un parc. Des enfants courront dans l'herbe. Ballons de foot, livres, fruits, joies, souvenirs, je rendrai au monde ce que je lui ai emprunté. Alors, fort de l'existence que j'aurai eue, riche de tout ce que je n'aurai pas vécu, ombragé par quelques événements plus grands que moi, je pourrai – la sérénité me gagnant – refermer la parenthèse de ma vie.

Annexes

Chronologie

ANNÉE SCOLAIRE	CLASSE	ÉTABLISSEMENT	SOUVENIRS D'ENFANCE ET DE JEUNESSE	LE CHOIX DE L'HISTORIEN
1979-1980	*First Grade* (CP) [6 ans]	El Carmelo School (Palo Alto)		Otages américains en Iran
1980-1981	CE1 [7 ans]	École Antoine-Chantin (Paris)		Élection de Reagan Élection de Mitterrand
1981-1982	CE2 [8 ans]	*id.*	Coupe du monde de football	Guerre des Malouines
1982-1983	CM1 [9 ans]	*id.*	Victoire de Noah à Roland-Garros	Relance de la course aux armements En France, « tournant de la rigueur »
1983-1984	CM2 [10 ans]	*id.*	Destruction d'un Boeing coréen par les Soviétiques Championnat d'Europe de football Triomphe de Carl Lewis aux JO de Los Angeles	Double attentat à Beyrouth
1984-1985	6e 1 [11 ans]	Lycée Buffon (Paris)	Affaire du petit Grégory Campagne « Touche pas à mon pote »	Gorbatchev au pouvoir
1985-1986	5e 1 [12 ans]	*id.*	Éruption d'un volcan en Colombie Mort de Balavoine et de Coluche	Acte unique européen Catastrophe de Tchernobyl

1986-1987	4ᵉ 1 [13 ans]	*id.*	Attentat de la rue de Rennes Le nom des otages français au début de chaque journal télévisé Manifestations contre le projet Devaquet	Procès de Klaus Barbie
1987-1988	3ᵉ 1 [14 ans]	*id.*	Slogan « Génération Mitterrand » Massacre de la grotte d'Ouvéa	Réélection de Mitterrand
1988-1989	2ⁿᵈᵉ [15 ans]	*id.*	Fatwa contre Salman Rushdie Bicentenaire de la Révolution française	Massacre de la place Tienanmen
1989-1990	1ᵉʳᵉ S [16 ans]	*id.*	Chute du mur de Berlin Libération de Mandela	Chute du mur de Berlin Libération de Mandela
1990-1991	Terminale C [17 ans]	Lycée Henri IV (Paris)	Guerre du Golfe	Guerre du Golfe Réunification allemande
1991-1992	Hypokhâgne B/L [18 ans]	*id.*	Guerre en Bosnie	Guerre en Bosnie Dissolution de l'URSS
1992-1993	Khâgne B/L [19 ans]	*id.*	Référendum sur le traité de Maastricht Suicide de Bérégovoy	Référendum sur le traité de Maastricht Élection de Clinton
1993-1994	Khâgne B/L [20 ans]	*id.*	Reconnaissance mutuelle d'Israël et de l'OLP Génocide des Tutsi au Rwanda	Reconnaissance mutuelle d'Israël et de l'OLP Génocide des Tutsi au Rwanda

Musique : les techniques d'écoute

1982	Radiocassette
1986	Walkman
Années 1990	CD
Années 2000	Smartphone, streaming, YouTube

Lectures : quelques exemples

1979	*Daniel et Valérie*
1981-1984	*Pif, Placid et Muzo, Astérix, Lucky Luke*
1984-1988	Grands romans du XIXe siècle
1988-1990	Poètes maudits
Années 1990	Sciences sociales

Écrits : les techniques de production et de sauvegarde

1979	Feutres, crayons, papier
1982	Machine à écrire, papier
1988	Stylos, cahiers
1995	Ordinateur portable, Word, disquettes
Années 2000	*id.*, clé USB

Références

Chapitre 1

Camus (Albert), *Le Premier Homme*, Paris, Gallimard, 1994.

Denjean (Cécile), *La Virilité*, France, film, 75 min., 2019.

Éribon (Didier), *Retour à Reims*, Paris, Fayard, 2009.

Gallienne (Guillaume), *Les Garçons et Guillaume, à table !*, France, film, 86 min., 2013.

Meizoz (Jérôme), *Faire le garçon*, Genève, Zoé, 2017.

Way (Niobe), Chu (Judy), sous la direction de, *Adolescent Boys. Exploring Diverse Cultures of Boyhood*, New York, NYU Press, 2004.

Chapitre 2

Douglass (Frederick), *Vie d'un esclave américain*, Paris, Nouveau Monde, 2018.

Michaels (Paula), *Lamaze. An International History*, Oxford, Oxford University Press, 2014.

Schmitt (Jean-Claude), *L'Invention de l'anniversaire*, Paris, Arkhê, 2009.

Chapitre 3
Compère (Marie-Madeleine), « Compte rendu de *L'Art d'accommoder les bébés* de Geneviève Delaisi de Parseval et Suzanne Lallemand », *Histoire de l'éducation*, n° 9, 1980, p. 59-60.

Foisil (Madeleine), sous la direction de, *Journal de Jean Héroard*, Paris, Fayard, 1989.

Fonssagrives (Jean-Baptiste), *Livret maternel pour prendre des notes sur la santé des enfants*, Paris, Hachette, 1869.

Rollet (Catherine), *Les Carnets de santé des enfants*, Paris, La Dispute, 2008.

Chapitre 5
Baubérot (Arnaud), *Histoire du naturisme. Le mythe du retour à la nature*, Rennes, Presses universitaires de Rennes, 2004.

Maitron (Jean), Bertrand (Thierry), « Zisly, Henri », *in* Pennetier (Claude), sous la direction de, *Dictionnaire biographique, mouvement ouvrier, mouvement social*, Paris, L'Atelier, 2006, consultable sur https://maitron.fr/spip.php?article154241

Miesseroff (Oxent), *Au maquis de Barrême. Souvenirs en vrac*, Marseille, Égrégores, 2006.

Rouhet (Georges), *Revenons à la nature et régénérons-nous*, Paris, Berger-Levrault, 1913.

Sylvère (Antoine), *Toinou. Le cri d'un enfant auvergnat*, Paris, Plon, 1980.

Chapitre 6
Dewey (John), *Démocratie et Éducation*, Malakoff, Armand Colin, 2018 (1916).

Chapitres 7 et 8
Cuban (Larry), *How Teachers Taught : Constancy and Change in American Classrooms, 1890-1980*, New York, Teachers College Press, 1993.

Luc (Jean-Noël), *L'Invention du jeune enfant au XIXe siècle. De la salle d'asile à l'école maternelle*, Paris, Belin, 1997.

Prost (Antoine), *Du changement dans l'école. Les réformes de l'éducation de 1936 à nos jours*, Paris, Seuil, 2013.

Tyack (David), Tobin (William), « The "Grammar" of Schooling : Why Has it Been so Hard to Change ? », *American Educational Research Journal*, vol. 31, n° 3, 1994, p. 453-479.

Chapitre 9
Roland (Charlotte), *Du ghetto à l'Occident. Deux générations yiddiches en France*, Paris, Minuit, 1962.

Chapitres 10 et 11
Carletti (Sébastien), *Nos années Récré A2, 1978-1988*, Paris, Flammarion, 2013.

Cremin (Lawrence), « The Family as Educator : Some Comments on the Recent Historiography », *Teachers College Record*, vol. 76, n° 2, 1974, p. 250-265.

Diter (Kevin), « "Je l'aime, un peu, beaucoup, à la folie... pas du tout !" La socialisation des garçons aux sentiments amoureux », *Terrains & travaux*, 2015/2, p. 21-40.

Gomarasca (Alessandro), sous la direction de, *Poupées, robots. La culture pop japonaise*, Paris, Autrement, 2002.

Hatchuel (Sarah), Pruvost-Delaspre (Marie), sous la direction de, *Goldorak. L'aventure continue*, Tours, Presses universitaires François-Rabelais, 2018.

Lurçat (Liliane), *À cinq ans, seul avec Goldorak. Le jeune enfant et la télévision*, Paris, Syros, 1981.

Pasquier (Dominique), *La Culture des sentiments. L'expérience télévisuelle des adolescents*, Paris, MSH, 1999.

Chapitre 12

Ariès (Philippe), *L'Enfant et la vie familiale sous l'Ancien Régime*, Paris, Plon, 1960.

Huet (Maryse), « La progression de l'activité féminine est-elle irréversible ? », *Économie et statistique*, n° 145, juin 1982, p. 3-17.

Jablonka (Ivan), « L'enfance ou le "voyage vers la virilité" », *in* Corbin (Alain), Courtine (Jean-Jacques), Vigarello (Georges), sous la direction de, *Histoire de la virilité*, T. 2, *Le Triomphe de la virilité : le XIXe siècle*, Paris, Seuil, 2011, p. 33-61.

Sohn (Anne-Marie), *Sois un homme ! La construction de la masculinité au XIXe siècle*, Paris, Seuil, 2009.

Chapitre 13
Brown (Donald), *Human Universals*, Philadelphie, Temple University Press, 1991.

Jarvis (Pam), « "Rough and Tumble" Play : Lessons in Life », *Evolutionary Psychology*, vol. 4, n° 1, janvier 2006.

Chapitre 14
Gastaut (Yvan), Mourlane (Stéphane), sous la direction de, *Le Football dans nos sociétés. Une culture populaire, 1914-1998*, Paris, Autrement, 2006.

Gentil (Philippe), « L'expérience de la mort virtuelle. Les jeux vidéo ou la fausse mort », *Études sur la mort*, n° 139, 2011/1, p. 79-91.

Messner (Michael), « Boyhood, Organized Sports and the Construction of Masculinities », *Journal of Contemporary Ethnography*, vol. 18, n° 4, 1990, p. 416-444.

Ter Minassian (Hovig), « *Space invaders* : les pratiques de jeux vidéo dans les espaces domestiques », *Annales de géographie*, n° 707, 2016/1, p. 51-73.

Chapitres 15 et 16
Baudelot (Christian), Establet (Roger), *L'Élitisme républicain. L'école française à l'épreuve des comparaisons internationales*, Paris, Seuil, La République des idées, 2009.

Bourdieu (Pierre), *Esquisse pour une auto-analyse*, Paris, Raisons d'agir, 2004.

Caspard (Pierre), Luc (Jean-Noël), Savoie (Philippe), *Lycées, lycéens, lycéennes, deux siècles d'histoire*, Lyon, INRP, 2005.

Chapitre 18

Bozon (Michel), « Apparence physique et choix du conjoint », *in* Bozon (Michel), Héran (François), *La Formation du couple. Textes essentiels pour la sociologie de la famille*, Paris, La Découverte, 2006, p. 99-122.

Gourarier (Mélanie), *Alpha Mâle. Séduire les femmes pour s'apprécier entre hommes*, Paris, Seuil, 2017.

Chapitre 21

Ben Lakhdar (Christian), *Addicts. Les drogues et nous*, Paris, Seuil, La République des idées, 2020.

Peretti-Watel (Patrick), Moatti (Jean-Paul), *Le Principe de prévention. Le culte de la santé et ses dérives*, Paris, Seuil, La République des idées, 2009.

Touillier-Feyrabend (Henriette), « Le dit sous interdits. L'expression publicitaire et la loi », *Ethnologie française*, vol. 36, 2006, p. 55-63.

Tsikounas (Myriam), « Quand l'alcool fait sa pub. Les publicités en faveur de l'alcool dans la presse française, de la loi Roussel à la loi Évin (1873-1998) », *Le Temps des médias*, n° 2, 2004, p. 99-114.

Chapitre 22

IFOP, « Les adolescents et le porno : vers une "génération Youporn" ? Étude sur la consommation de pornographie chez les adolescents et son influence sur leurs comportements sexuels », 15 mars 2017.

INA, « Les jeunes et le sida », reportage, 1987, consultable sur *https://www.ina.fr/video/S737905_001/1987-les-jeunes-et-le-sida-video.html*

Mathieu (Nicolas), « Je ne saurais pas raconter une adolescence sans le bédo », *Society*, 19 septembre 2019.

Mulvey (Laura), *Fétichisme et Curiosité*, Paris, Brook, 2019 (1996).

Richard (Claire), *Les Chemins de désir*, Paris, Seuil, 2019.

Chapitre 23

Guigue (Arnaud), « J'aime les filles qui ont des parents gentils », *in* Baecque (Antoine de), Guigue (Arnaud), sous la direction de, *Le Dictionnaire Truffaut*, Paris, La Martinière, 2004, p. 212-213.

Rousseau (Jean-Jacques), *Rousseau juge de Jean-Jacques*, Paris, Classiques Garnier, 2019 (1782).

Starobinski (Jean), *Jean-Jacques Rousseau, la transparence et l'obstacle*, Paris, Gallimard, 1971.

Chapitre 26

« L'épopée Goldman », *L'Arche*, n° 655, juillet-septembre 2015.

Conan (Éric), Rousso (Henry), *Vichy, un passé qui ne passe pas*, Paris, Fayard, 1994.

Vidal-Naquet (Pierre), *Les Assassins de la mémoire. « Un Eichmann de papier » et autres essais sur le révisionnisme*, Paris, La Découverte, 2005 (1987).

Chapitre 27
Yu (Junlin), McLellan (Ros), Winter (Liz), « Which Boys and Which Girls Are Falling Behind ? Linking Adolescents' Gender Role Profiles to Motivation, Engagement, and Achievement », *Journal of Youth and Adolescence*, juillet 2020.

Chapitre 28
Proust (Jean-Marc), « À l'époque, on savait échapper au service militaire », *slate.fr*, 23 janvier 2018.
Roynette (Odile), *Bons pour le service. La caserne à la fin du XIXe siècle*, Paris, Belin, 2000.

Chapitre 34
Braudel (Fernand), « Histoire et sciences sociales : la longue durée », *Annales. Économies, sociétés, civilisations*, 13e année, n° 4, 1958, p. 725-753.
Hirschman (Albert), *Défection et prise de parole. Théorie et applications*, Paris, Fayard, 1995 (1970).
Jaquet (Chantal), *Les Transclasses ou la non-reproduction*, Paris, PUF, 2014.
Leiris (Michel), *L'Âge d'homme*, Paris, Gallimard, 1939.

Chapitre 36
Bantigny (Ludivine), *Le Plus Bel Âge ? Jeunes et jeunesses en France de l'aube des Trente Glorieuses à la guerre d'Algérie*, Paris, Fayard, 2007.

RÉFÉRENCES

Chauvel (Louis), *Le Destin des générations. Structure sociale et cohortes en France du XXe siècle aux années 2010*, Paris, PUF, 2010.

Heywood (Colin), *Growing Up in France : From the Ancien Régime to the Third Republic*, Cambridge, Cambridge University Press, 2007.

Mannheim (Karl), *Le Problème des générations*, Paris, Armand Colin, 2005 (1928).

Ulloa (Marie-Pierre), « Avoir 16 ans en 1989 », *in* Potin (Yann), Sirinelli (Jean-François), sous la direction de, *Générations historiennes, XIXe-XXIe siècle*, Paris, CNRS, 2019, p. 449-458.

Documents

Ces documents seront postés sur les comptes Facebook et Instagram de l'auteur.

À la maternité (photos dans mon journal
d'enfance, octobre 1973) 15
Mèche de cheveux (collée dans mon journal
d'enfance, juin 1975) 23
Dessin d'anniversaire (Palo Alto, octobre 1979) 48
À la déli-délo (souvenir du début des années 1980)... 52
Pupitres (mes photos de classe, début
des années 1980)........................ 58-59
Pièces de 2 et 5 francs (années 1980)............. 75
Billes et calots (début des années 1980)........... 93
La vive (extrait de mon journal intime, juillet 1985)... 101
Playmobil (début des années 1980) 105
Pépin et Boby (extrait d'une de nos bandes dessinées,
vers 1985)................................. 110

Stylo-plume avec cartouche et effaceur
(début des années 1990)..................... 122

La « saoule » (extrait de l'agenda de Solène,
mai 1988) 143

Dangers de l'alcool (extrait de mon carnet
de santé, 1973) 159

La signature du poète (vers 1987-1988)........... 185

Sujet de maths (concours de l'ENS Ulm
section B/L, mai-juin 1994).................. 213

Ivan soldat (Montélimar, septembre 1998) 218

Garçons aux pistolets (Yann et moi
avec trois garçons chez Cloé, 1984)............ 279

Table

1. « Je ne suis pas un mâle ! » 7
2. Accouchement sans douleur 13
3. Le journal d'enfance 19
4. Aux origines de l'angoisse 31
5. Cul nu à la Bédoule 37
6. L'éducation bienveillante 45
7. À la déli-délo 51
8. Les maîtresses-mamans 57
9. Délivrer Cloé 67
10. Goldorak ou la vulnérabilité des garçons ... 75
11. « Un peu d'astuce, d'espièglerie » 83
12. Vive la vive ! 91
13. Petites violences 103

14. Joysticks et ballons 107
15. Le grand lycée parisien 113
16. Naissance du bon élève 119
17. Lettre ouverte aux mufles 127
18. La garçonnité à succès 131
19. Les soirées de Clamart 139
20. Histoire de Patrick 147
21. La masculinité de contrôle 153
22. Porno sans scénario 165
23. Mot à mot, cœur à cœur 175
24. Des alexandrins comme de la musculation... 183
25. J'écris pour les filles de la cour de récré ... 193
26. La révolte Renaud, la morale Goldman... 197
27. Victoire du pitre 207
28. En uniforme 217
29. Histoire de Benoît 229
30. L'argent et les muscles 235
31. Désobéissance de genre 243
32. Les clématites 249

33. Un déjeuner avec Yann................. 253
34. L'âge d'homme...................... 259
35. La « petite en violet »................. 269
36. Être avec elle........................ 275

Annexes

Chronologie............................ 284
Musique : les techniques d'écoute............ 286
Lectures : quelques exemples............... 286
Écrits : les techniques de production et de sauvegarde......................... 286

Références............................... 287
Documents............................... 297

L'auteur

Écrivain et éditeur, Ivan Jablonka est professeur d'histoire à l'université Sorbonne Paris Nord, membre de l'Institut universitaire de France. Il est codirecteur de « La République des idées » aux Éditions du Seuil et l'un des rédacteurs en chef de la revue *laviedesidees.fr*

Il a publié aux Éditions du Seuil :

Les Vérités inavouables de Jean Genet, « XXe siècle », 2004 ; rééd. poche, « Points Histoire », n° 499, 2014.
Ni père ni mère. Histoire des enfants de l'Assistance publique, 1874-1939, « XXe siècle », 2006.
Enfants en exil. Transfert de pupilles réunionnais en métropole, 1963-1982, « L'Univers historique », 2007.
Les Enfants de la République. L'intégration des jeunes de 1789 à nos jours, « L'Univers historique », 2010 ; rééd. poche, *L'Intégration des jeunes. Un modèle français, XVIIIe-XXIe siècle*, « Points Histoire », n° 474, 2013.

Histoire des grands-parents que je n'ai pas eus. Une enquête, « La Librairie du XXIe siècle », 2012 ; rééd. poche, « Points Histoire », n° 483, 2013.

L'histoire est une littérature contemporaine. Manifeste pour les sciences sociales, « La Librairie du XXIe siècle », 2014 ; rééd. poche, « Points Histoire », n° 533, 2017.

Le Corps des autres, « Raconter la vie », 2015 ; rééd. poche « Points Essais », n° 899, 2020.

Laëtitia ou la fin des hommes, « La Librairie du XXIe siècle », 2016 ; rééd. poche, « Points », n° 4639, 2017, 2020.

En camping-car, « La Librairie du XXIe siècle », 2018 ; rééd. poche, « Points », n° 5006, 2019.

Des hommes justes, « Les Livres du nouveau monde », 2019 ; rééd. poche, « Points Essais », n° 902, 2021.

Chez d'autres éditeurs :

Âme sœur. Roman, La Volte, 2005 (sous l'hétéronyme d'Yvan Améry) ; rééd. poche, « Points », n° 4821, 2018.

Jeunesse oblige. Histoire des jeunes en France (XIXe-XXIe siècle), PUF, 2009 (en codirection avec Ludivine Bantigny).

Nouvelles Perspectives sur la Shoah, PUF, 2013 (en codirection avec Annette Wieviorka).

L'Enfant-Shoah, PUF, 2014 (direction d'ouvrage).

Le Monde au XXIIe siècle. Utopies pour après-demain, PUF, 2014 (en codirection avec Nicolas Delalande).

Religious Minorities. Integration and the State, 7th-21st century, Brepols, 2016 (en codirection avec Nikolas Jaspert, Jean-Philippe Schreiber et John Tolan).

La Librairie du XXIe siècle

Sylviane Agacinski, *Le Passeur de temps. Modernité et nostalgie.*
Sylviane Agacinski, *Métaphysique des sexes. Masculin/féminin aux sources du christianisme.*
Sylviane Agacinski, *Drame des sexes. Ibsen, Strindberg, Bergman.*
Sylviane Agacinski, *Femmes entre sexe et genre.*
Sylviane Agacinski, *Le Tiers-corps. Réflexions sur le don d'organes.*
Giorgio Agamben, *La Communauté qui vient. Théorie de la singularité quelconque.*
Sébastien Albertelli, Julien Blanc et Laurent Douzou, *La Lutte clandestine en France. Une histoire de la Résistance (1940-1944).*
Anne-Marie Albiach, *La Mezzanine, le dernier récit de Catarina Quia.*
Henri Atlan, *Tout, non, peut-être. Éducation et vérité.*
Henri Atlan, *Les Étincelles de hasard I. Connaissance spermatique.*

Henri Atlan, *Les Étincelles de hasard II. Athéisme de l'Écriture.*
Henri Atlan, *L'Utérus artificiel.*
Henri Atlan, *L'Organisation biologique et la Théorie de l'information.*
Henri Atlan, *De la fraude. Le monde de l'onaa.*
Marc Augé, *Domaines et châteaux.*
Marc Augé, *Non-lieux. Introduction à une anthropologie de la surmodernité.*
Marc Augé, *La Guerre des rêves. Exercices d'ethnofiction.*
Marc Augé, *Casablanca.*
Marc Augé, *Le Métro revisité.*
Marc Augé, *Quelqu'un cherche à vous retrouver.*
Marc Augé, *Journal d'un SDF. Ethnofiction.*
Marc Augé, *Une ethnologie de soi. Le temps sans âge.*
Jean-Christophe Bailly, *Le Propre du langage. Voyages au pays des noms communs.*
Jean-Christophe Bailly, *Le Champ mimétique.*
Marcel Bénabou, *Jacob, Ménahem et Mimoun. Une épopée familiale.*
Marcel Bénabou, *Pourquoi je n'ai écrit aucun de mes livres.*
Maurizio Bettini, *Noël. Aux origines de la crèche.*
Julien Blanc, *Au commencement de la Résistance. Du côté du musée de l'Homme 1940-1941.*
Julien Blanc, voir Sébastien Albertelli *et alii.*
R. Howard Bloch, *Le Plagiaire de Dieu. La fabuleuse industrie de l'abbé Migne.*

Remo Bodei, *La Sensation de déjà vu*.
Ginevra Bompiani, *Le Portrait de Sarah Malcolm*.
Julien Bonhomme, *Les Voleurs de sexe. Anthropologie d'une rumeur africaine*.
Yves Bonnefoy, *Lieux et destins de l'image. Un cours de poétique au Collège de France (1981-1993)*.
Yves Bonnefoy, *L'Imaginaire métaphysique*.
Yves Bonnefoy, *Notre besoin de Rimbaud*.
Yves Bonnefoy, *L'Autre Langue à portée de voix*.
Yves Bonnefoy, *Le Siècle de Baudelaire*.
Yves Bonnefoy, *L'Hésitation d'Hamlet et la Décision de Shakespeare*.
Philippe Borgeaud, *La Mère des dieux. De Cybèle à la Vierge Marie*.
Philippe Borgeaud, *Aux origines de l'histoire des religions*.
Philippe Borgeaud, *La Pensée européenne des religions*.
Jorge Luis Borges, *Cours de littérature anglaise*.
Esteban Buch, Trauermarsch. *L'Orchestre de Paris dans l'Argentine de la dictature*.
Claude Burgelin, *Les Mal Nommés. Duras, Leiris, Calet, Bove, Perec, Gary et quelques autres*.
Italo Calvino, *Pourquoi lire les classiques*.
Italo Calvino, *La Machine littérature*.
Paul Celan et Gisèle Celan-Lestrange, *Correspondance*.
Paul Celan, *Le Méridien & autres proses*.
Paul Celan, *Renverse du souffle*.
Paul Celan et Ilana Shmueli, *Correspondance*.
Paul Celan, *Partie de neige*.

Paul Celan et Ingeborg Bachmann, *Le Temps du cœur. Correspondance.*
Michel Chodkiewicz, *Un océan sans rivage. Ibn Arabî, le Livre et la Loi.*
Antoine Compagnon, *Chat en poche. Montaigne et l'allégorie.*
Hubert Damisch, *Un souvenir d'enfance par Piero della Francesca.*
Hubert Damisch, *CINÉ FIL.*
Hubert Damisch, *Le Messager des îles.*
Hubert Damisch, *La Ruse du tableau. La peinture ou ce qu'il en reste.*
Luc Dardenne, *Au dos de nos images (1991-2005),* suivi de *Le Fils* et *L'Enfant,* par Jean-Pierre et Luc Dardenne.
Luc Dardenne, *Au dos de nos images II (2005-2014),* suivi de *Le Gamin au vélo* et *Deux Jours, une nuit,* par Jean-Pierre et Luc Dardenne.
Luc Dardenne, *Sur l'affaire humaine.*
Michel Deguy, *À ce qui n'en finit pas.*
Daniele Del Giudice, *Quand l'ombre se détache du sol.*
Daniele Del Giudice, *L'Oreille absolue.*
Daniele Del Giudice, *Dans le musée de Reims.*
Daniele Del Giudice, *Horizon mobile.*
Daniele Del Giudice, *Marchands de temps.*
Daniele Del Giudice, *Le Stade de Wimbledon.*
Mireille Delmas-Marty, *Pour un droit commun.*

Jean-Paul Demoule, *Mais où sont passés les Indo-Européens ? Le mythe d'origine de l'Occident.*
Marcel Detienne, *Comparer l'incomparable.*
Marcel Detienne, *Comment être autochtone. Du pur Athénien au Français raciné.*
Donatella Di Cesare, *Heidegger, les Juifs, la Shoah. Les Cahiers noirs.*
Milad Doueihi, *Histoire perverse du cœur humain.*
Milad Doueihi, *Le Paradis terrestre. Mythes et philosophies.*
Milad Doueihi, *La Grande Conversion numérique.*
Milad Doueihi, *Solitude de l'incomparable. Augustin et Spinoza.*
Milad Doueihi, *Pour un humanisme numérique.*
Laurent Douzou, voir Sébastien Albertelli *et alii.*
Jean-Pierre Dozon, *La Cause des prophètes. Politique et religion en Afrique contemporaine*, suivi de *La Leçon des prophètes* par Marc Augé.
Pascal Dusapin, *Une musique en train de se faire.*
Brigitta Eisenreich, avec Bertrand Badiou, *L'Étoile de craie. Une liaison clandestine avec Paul Celan.*
Uri Eisenzweig, *Naissance littéraire du fascisme.*
Uri Eisenzweig, *Le sionisme fut un humanisme.*
Norbert Elias, *Mozart. Sociologie d'un génie.*
Norbert Elias, *Théorie des symboles.*
Norbert Elias, *Les Allemands. Luttes de pouvoir et développement de l'habitus aux XIXe et XXe siècles.*

Rachel Ertel, *Dans la langue de personne. Poésie yiddish de l'anéantissement.*
Arlette Farge, *Le Goût de l'archive.*
Arlette Farge, *Dire et mal dire. L'opinion publique au XVIIIe siècle.*
Arlette Farge, *Le Cours ordinaire des choses dans la cité du XVIIIe siècle.*
Arlette Farge, *Des lieux pour l'histoire.*
Arlette Farge, *La Nuit blanche.*
Lisa Fittko, *Le Chemin Walter Benjamin*, précédé de *Le Présent du passé*, par Edwy Plenel.
Alain Fleischer, *L'Accent, une langue fantôme.*
Alain Fleischer, *Le Carnet d'adresses.*
Alain Fleischer, *Réponse du muet au parlant. En retour à Jean-Luc Godard.*
Alain Fleischer, *Sous la dictée des choses.*
Lydia Flem, *L'Homme Freud.*
Lydia Flem, *Casanova ou l'Exercice du bonheur.*
Lydia Flem, *La Voix des amants.*
Lydia Flem, *Comment j'ai vidé la maison de mes parents.*
Lydia Flem, *Panique.*
Lydia Flem, *Lettres d'amour en héritage.*
Lydia Flem, *Comment je me suis séparée de ma fille et de mon quasi-fils.*
Lydia Flem, *La Reine Alice.*
Lydia Flem, *Discours de réception à l'Académie royale de Belgique*, accueillie par Jacques de Decker, secrétaire perpétuel.

Lydia Flem, *Je me souviens de l'imperméable rouge que je portais l'été de mes vingt ans.*
Lydia Flem, *La Vie quotidienne de Freud et de ses patients*, préface de Fethi Benslama.
Lydia Flem, *Paris Fantasme.*
Nadine Fresco, *Fabrication d'un antisémite.*
Nadine Fresco, *La Mort des juifs.*
Françoise Frontisi-Ducroux, *Ouvrages de dames. Ariane, Hélène, Pénélope...*
Françoise Frontisi-Ducroux, *Arbres filles et garçons fleurs. Métamorphoses érotiques dans les mythes grecs.*
Marcel Gauchet, *L'Inconscient cérébral.*
Hélène Giannecchini, *Une image peut-être vraie. Alix Cléo Roubaud.*
Hélène Giannecchini, *Voir de ses propres yeux.*
Jack Goody, *La Culture des fleurs.*
Jack Goody, *L'Orient en Occident.*
Anthony Grafton, *Les Origines tragiques de l'érudition. Une histoire de la note en bas de page.*
Jean-Claude Grumberg, *Mon père. Inventaire*, suivi de *Une leçon de savoir-vivre.*
Jean-Claude Grumberg, *Pleurnichard.*
Jean-Claude Grumberg, *La Plus Précieuse des marchandises. Un conte.*
François Hartog, *Régimes d'historicité. Présentisme et expériences du temps.*
Daniel Heller-Roazen, *Écholalies. Essai sur l'oubli des langues.*

Daniel Heller-Roazen, *L'Ennemi de tous. Le pirate contre les nations.*
Daniel Heller-Roazen, *Une archéologie du toucher.*
Daniel Heller-Roazen, *Le Cinquième Marteau. Pythagore et la dysharmonie du monde.*
Daniel Heller-Roazen, *Langues obscures. L'art des voleurs et des poètes.*
Ivan Jablonka, *Histoire des grands-parents que je n'ai pas eus. Une enquête.*
Ivan Jablonka, *L'histoire est une littérature contemporaine. Manifeste pour les sciences sociales.*
Ivan Jablonka, *Laëtitia ou la fin des hommes.*
Ivan Jablonka, *En camping-car.*
Ivan Jablonka, *Un garçon comme vous et moi.*
Roman Jakobson/Claude Lévi-Strauss, *Correspondance. 1942-1982.*
Jean Kellens, *La Quatrième Naissance de Zarathushtra. Zoroastre dans l'imaginaire occidental.*
Nicole Lapierre, *Sauve qui peut la vie.*
Marc de Launay, *Nietzsche et la race.*
Jacques Le Brun, *Le Pur Amour de Platon à Lacan.*
Jacques Le Brun, *Dieu, un pur rien. Angelus Silesius, poésie, métaphysique et mystique.*
Jacques Le Goff, *Faut-il vraiment découper l'histoire en tranches ?*
Jean Levi, *Les Fonctionnaires divins. Politique, despotisme et mystique en Chine ancienne.*

Jean Levi, *La Chine romanesque. Fictions d'Orient et d'Occident.*
Claude Lévi-Strauss, *L'Anthropologie face aux problèmes du monde moderne.*
Claude Lévi-Strauss, *L'Autre Face de la lune. Écrits sur le Japon.*
Claude Lévi-Strauss, *Nous sommes tous des cannibales.*
Claude Lévi-Strauss, *« Chers tous deux ». Lettres à ses parents, 1931-1942.*
Claude Lévi-Strauss, *Le Père Noël supplicié.*
Claude Lévi-Strauss, *Anthropologie structurale zéro.*
Claude Lévi-Strauss/Roman Jakobson, *Correspondance. 1942-1982.*
Monique Lévi-Strauss, *Une enfance dans la gueule du loup.*
Nicole Loraux, *Les Mères en deuil.*
Nicole Loraux, *Né de la Terre. Mythe et politique à Athènes.*
Nicole Loraux, *La Tragédie d'Athènes. La politique entre l'ombre et l'utopie.*
Patrice Loraux, *Le Tempo de la pensée.*
Sabina Loriga, *Le Petit x. De la biographie à l'histoire.*
Charles Malamoud, *Le Jumeau solaire.*
Charles Malamoud, *La Danse des pierres. Études sur la scène sacrificielle dans l'Inde ancienne.*
François Maspero, *Des saisons au bord de la mer.*
Fabio Morábito, *À chacun son ciel. Anthologie poétique (1984-2019).*

Marie Moscovici, *L'Ombre de l'objet. Sur l'inactualité de la psychanalyse.*
Maurice Olender, *Un fantôme dans la bibliothèque.*
Nicanor Parra, *Poèmes et Antipoèmes* et *Anthologie (1937-2014).*
Michel Pastoureau, *L'Étoffe du diable. Une histoire des rayures et des tissus rayés.*
Michel Pastoureau, *Une histoire symbolique du Moyen Âge occidental.*
Michel Pastoureau, *L'Ours. Histoire d'un roi déchu.*
Michel Pastoureau, *Les Couleurs de nos souvenirs.*
Michel Pastoureau, *Le Roi tué par un cochon. Une mort infâme aux origines des emblèmes de la France ?*
Michel Pastoureau, *Une couleur ne vient jamais seule. Journal chromatique, 2012-2016.*
Vincent Peillon, *Une religion pour la République. La foi laïque de Ferdinand Buisson.*
Vincent Peillon, *Éloge du politique. Une introduction au XXIe siècle.*
Vincent Peillon, *Liberté, égalité, fraternité. Sur le républicanisme français.*
Georges Perec, *L'Infra-ordinaire.*
Georges Perec, *Vœux.*
Georges Perec, *Je suis né.*
Georges Perec, *Cantatrix sopranica L. et autres écrits scientifiques.*
Georges Perec, *L. G. Une aventure des années soixante.*
Georges Perec, *Le Voyage d'hiver.*

Georges Perec, *Un cabinet d'amateur*.
Georges Perec, *Beaux présents belles absentes*.
Georges Perec, *Penser/Classer*.
Georges Perec, *Le Condottière*.
Georges Perec, *L'Attentat de Sarajevo*.
Georges Perec/OuLiPo, *Le Voyage d'hiver & ses suites*.
Catherine Perret, *L'Enseignement de la torture. Réflexions sur Jean Améry*.
Michelle Perrot, *Histoire de chambres*.
Michelle Perrot, *George Sand à Nohant. Une maison d'artiste*.
J.-B. Pontalis, *La Force d'attraction*.
Jean Pouillon, *Le Cru et le Su*.
Jérôme Prieur, *Roman noir*.
Jérôme Prieur, *Rendez-vous dans une autre vie*.
Jérôme Prieur, *La Moustache du soldat inconnu*.
Jacques Rancière, *Courts Voyages au pays du peuple*.
Jacques Rancière, *Les Noms de l'histoire. Essai de poétique du savoir*.
Jacques Rancière, *La Fable cinématographique*.
Jacques Rancière, *Chroniques des temps consensuels*.
Jacques Rancière, *Les Bords de la fiction*.
Jean-Michel Rey, *Paul Valéry. L'aventure d'une œuvre*.
Jacqueline Risset, *Puissances du sommeil*.
Jean-Loup Rivière, *Le Monde en détails*.
Denis Roche, *Dans la maison du Sphinx. Essais sur la matière littéraire*.
Olivier Rolin, *Suite à l'hôtel Crystal*.

Olivier Rolin & Cie, *Rooms*.
Charles Rosen, *Aux confins du sens. Propos sur la musique*.
Israel Rosenfield, « *La Mégalomanie* » *de Freud*.
Pierre Rosenstiehl, *Le Labyrinthe des jours ordinaires*.
Paul-André Rosental, *Destins de l'eugénisme*.
Jacques Roubaud, *Poétique. Remarques. Poésie, mémoire, nombre, temps, rythme, contrainte, forme, etc.*
Jacques Roubaud, *Peut-être ou la Nuit de dimanche (brouillon de prose). Autobiographie romanesque.*
Jean-Frédéric Schaub, *Oroonoko, prince et esclave. Roman colonial de l'incertitude*.
Jean-Frédéric Schaub, *Pour une histoire politique de la race*.
Francis Schmidt, *La Pensée du Temple. De Jérusalem à Qoumrân*.
Jean-Claude Schmitt, *La Conversion d'Hermann le Juif. Autobiographie, histoire et fiction*.
Alain Schnapp, *Une histoire universelle des ruines. Des origines aux Lumières*.
Michel Schneider, *La Tombée du jour. Schumann*.
Michel Schneider, *Baudelaire. Les années profondes*.
Jean Schwœbel, *La Presse, le pouvoir et l'argent*, préface de Paul Ricœur, avant-propos d'Edwy Plenel.
David Shulman, Velcheru Narayana Rao et Sanjay Subrahmanyam, *Textures du temps. Écrire l'histoire en Inde*.
David Shulman, *Ta'ayush. Journal d'un combat pour la paix. Israël-Palestine, 2002-2005*.

Jean Starobinski, *Action et Réaction. Vie et aventures d'un couple.*
Jean Starobinski, *Les Enchanteresses.*
Jean Starobinski, *L'Encre de la mélancolie.*
Jean Starobinski, *Le Corps et ses raisons*, précédé de *Que la raison*, par Martin Rueff.
Anne-Lise Stern, *Le Savoir-déporté. Camps, histoire, psychanalyse.*
Antonio Tabucchi, *Les Trois Derniers Jours de Fernando Pessoa. Un délire.*
Antonio Tabucchi, *La Nostalgie, l'Automobile et l'Infini. Lectures de Pessoa.*
Antonio Tabucchi, *Autobiographies d'autrui. Poétiques a posteriori.*
Emmanuel Terray, *La Politique dans la caverne.*
Emmanuel Terray, *Une passion allemande. Luther, Kant, Schiller, Hölderlin, Kleist.*
Emmanuel Terray, *Mes anges gardiens*, précédé d'*Emmanuel Terray l'insurgé*, par Françoise Héritier.
Camille de Toledo, *Le Hêtre et le Bouleau. Essai sur la tristesse européenne*, suivi de *L'Utopie linguistique ou la Pédagogie du vertige.*
Camille de Toledo, *Vies pøtentielles.*
Camille de Toledo, *Oublier, trahir, puis disparaître.*
Peter Trawny, *Heidegger. Une introduction critique.*
César Vallejo, *Poèmes humains* et *Espagne, écarte de moi ce calice.*
Jean-Pierre Vernant, *Mythe et religion en Grèce ancienne.*

Jean-Pierre Vernant, *Entre mythe et politique I*.
Jean-Pierre Vernant, *L'Univers, les Dieux, les Hommes. Récits grecs des origines*.
Jean-Pierre Vernant, *La Traversée des frontières. Entre mythe et politique II*.
Ida Vitale, *Ni plus ni moins*.
Nathan Wachtel, *Dieux et vampires. Retour à Chipaya*.
Nathan Wachtel, *La Foi du souvenir. Labyrinthes marranes*.
Nathan Wachtel, *La Logique des bûchers*.
Nathan Wachtel, *Mémoires marranes. Itinéraires dans le sertão du Nordeste brésilien*.
Catherine Weinberger-Thomas, *Cendres d'immortalité. La crémation des veuves en Inde*.
Natalie Zemon Davis, *Juive, catholique, protestante. Trois femmes en marge au XVIIe siècle*.

RÉALISATION : NORD COMPO À VILLENEUVE-D'ASCQ
IMPRESSION : NORMANDIE ROTO IMPRESSION S.A.S. À LONRAI
DÉPÔT LÉGAL : JANVIER 2021. N° 147007 (2004122)
IMPRIMÉ EN FRANCE